Dieses Essay
widme ich meinen Ur-Ur-Urgroßeltern
Jakob und Marianne Fuhrmann
zur Erinnerung an sie in Gola

Heinrich-Andreas Makiela

Essay

der Müllerfamilie Fuhrmann in Gola, Polen – ab 1832

Ein Essay nach Erzählung der Urgroßmutter
und späteren Recherchen

Bibliografische Information der Deutschen Bibliothek:
Die Deutsche Bibliothek verzeichnet diese Publikation in der Deutschen
Nationalbibliografie; detailierte Daten sind im Internet über
<http://dnb.dbd.de> abrufbar.

© 2019 Heinrich-Andreas Makiela
Herstellung und Verlag: Books on Demand GmbH, Norderstedt
ISBN: 978-3-7494-5757-1

Durchgelesen und korrigiert von Johannes Gunsenheimer

Inhaltsverzeichnis

Vorwort

Vor den Präsidentschafts- bzw. Parlamentswahlen in Polen in den 1990er Jahren stellte ein katholischer Pfarrer ein großes Bild in seine Pfarrkirche. Auf dem Bild war eine große alte Eiche zu sehen, mit tiefen und kräftigen Wurzeln in der Erde. In der Krone der Eiche waren einige menschliche Gestallten abgebildet. Anhand des Bildes erklärte er seiner Pfarrgemeinde von der Kanzel, dass sie nur die Kandidaten wählen sollen, die tief in der polnischen Bevölkerung verwurzelt sind.

Der Pfarrer nannte jedoch die Namen dieser Kandidaten nicht. Hatte er die Nachkommen der polnischen Ureinwohner in Gedanken? Wenn ja, welche sind das, wer könnte es wissen? Ich kann mir nicht vorstellen, dass den Wählern derartige Kandidaten bekannt wären. Denn die Nachkommen der polnischen Ureinwohner sind schon längst mit den nach Polen zugewanderten Menschen vermischt.

Ich meine hier zum Beispiel die Jahre 1697 – 1763, die Zeit der Personalunion Polens mit Sachsen und später in den Jahren der Teilung Polens – 1772, 1793, 1795 bis in das Jahr 1918. In den vielen Jahren kamen Menschen aus anderen Ländern in großer Anzahl in das polnische Gebiet, vorwiegend jedoch, in den Jahren der Teilung Polens, aus Zaren-Russland. Einige kamen als Ansiedler, um das polnische Gebiet zu bewirtschaften, andere wiederum kamen als Eroberer aus Zaren-Russland, um in dem Gebiet zu herrschen, sich zu bereichern und durch Aussiedlung und auch durch Vertreibung der Ansässigen das Gebiet bzw. das Land zu annektieren. Am schlimmsten geschah dies in den 40 Jahren des 20. Jahrhunderts, während der Herrschaft des Diktators Stalin. Und nach 1945 bis in die Neunzigerjahre war die polnische Regierung freundschaftlich durch die UdSSR politisch bestimmt. Man sieht heute, im Jahr 2018, dass die polnische Regierung möglicherweise dadurch sehr nationalistisch ist und keine Flüchtlinge

(Ausländer) in sein Land aufnehmen will. Mich persönlich wundert das nicht, da in der polnischen Bevölkerung viele Bürger mit ausländischen Wurzeln leben und diese nicht allzu tief in der polnischen Bevölkerung verwurzelt sind. Dachte der Priester damals, dass die richtigen Kandidaten die noch heute in Polen lebenden Nachkommen der polnischen Ureinwohner wären? Oder an die Wähler, die Nachkommen der österreichischen, zarenrussischen und preußischen Besatzer sind, aus den Jahren der Teilung Polens in den Jahren 1772, 1793, 1795 und auch danach? Vielleicht nur an eine Nation der erwähnten Besatzer.

In der polnischen Bevölkerung leben noch Menschen, die sich nach 1945 aus Russland in Polen angesiedelt hatten, auch Deutsche die nach 1945 dort geblieben sind. Diese Menschen könnte man nicht zu den tief im polnischen Volk verwurzelnden Kandidaten rechnen, oder? Vielleicht dachte er, dass man solche Kandidaten wählen sollte, die tief in der postkommunistischen Politik und in der katholischen Kirche verwurzelt sind.

Das Thema: „Wie tief ist ein polnischer Bürger bzw. ein Wahl-Politiker im polnischen Volk verwurzelt" bewegte mich, die Nachkommen zweier in Polen lebenden Familien zu beschreiben, mit der Frage, ob man diesen nachsagen könne, tief im polnischen Volk verwurzelt zu sein. Vielleicht nur eine, oder keine. Denn die Herkunftswurzeln des Priesters und so auch seine politische und religiöse Denkweise kann ich nicht nachvollziehen.

Die erste Familie mit dem Namen „Fuhrmann" kam aus Sachsen in das polnische Gebiet, wohl in den Jahren 1697–1763, in der Zeit der Personalunion Polens mit Sachsen. Oder auch in der Zeit, in der das Gebiet zu Preußen gehörte – Land, das zum Deutschen Reich gezählt wurde. Die Preußen waren schon bei der ersten Teilung Polens, im Jahr 1772, dabei. Die Fuhrmanns kamen nicht als Besatzer dorthin, sondern als gut ausgebildete Fachkräfte – Müller, um in dortigen Wassermühlen zu arbeiten und zugleich diese auf den neuesten Stand der Mahltechnik zu bringen. Jedoch meine Beschreibung hierzu beginnt mit der Geschichte der Familie Fuhrmann – meiner Ur-Ur-Urgroßeltern Jakob (Jahrgang 1797, von Beruf Müller) und Marianne (Jahrgang 1793), geb. Neugebauer Fuhrmann. Sie und ihre vier Kinder waren evangelisch und gehörten der evangelischen Kirchengemeinde in Wieluń (Welungen) an.

Es kann stimmen, dass die Fuhrmanns aus dem heutigen Sachsen-Gebiet kamen, da dort die Namen Fuhrmann, Neugebauer und Schubert häufig vorkommen, und die sind evangelisch.

Die erste Urkunde der Familie Fuhrmann kommt aus dem Jahre 1827, da wurde die Tochter von Jakob u. Marianne Fuhrmann, Julianne (Julia) – meine Ur-Urgroßmutter, in Jarocice, bei Burzenin – heute Polen, geboren. Und aus dem notariellen Kaufvertrag aus dem Jahre 1832 geht hervor, dass die Ur-Ur-Urgroßeltern Fuhrmann einen Gutshof mit Wassermühle in Gola – heute Polen, Kr. Wieluń gekauft hatten und im Grundbuch aus dem Jahr 1833 als Besitzer des Anwesens eingetragen sind.

Der Ort Gola liegt am Fluss „Prosna", an dem auch die Wassermühle stand. Später, Stand 1937, lag der Ort Gola direkt an der Grenze zum preußischen Schlesien – siehe Lageplan auf Seite 40. Auf einer Landkarte aus dem 17. Jahrhundert wird der Ort Gola „Gohle" genannt

Die zweite Familie sind russische Besatzer: Eheleute K. u. O. Warski sowie L. Darski (Namen geändert, da ich die Leute nur nach Erzählung meiner Urgroßmutter Marianne Kupar und meines Vaters Andreas mit Überzeugung negativ beschreibe). Sie sollen in das polnische Gebiet um den Ort Gola aus Zaren-Russland gekommen sein und siedelten sich, in den Jahren der Teilung Polens an – 1772, 1793, 1795, die bis in das Jahr 1918 dauerte. Sie gehörten zur russisch-orthodoxen Kirche und besuchten eine in der Gegend für sich gebaute Cerkiew. Auch die Namen der Nachkommen der Eheleute K. u. O. Warski und der Frau L. Darski, die im Buch vorkommen wie: „Gerwicz" und „Brzeński" sind aus dem gleichen Grund wie oben beschrieben geändert. Die erste Urkunde, wo die Namen K. u. O. Warski und L. Darski erwähnt sind, ist ein Erbpachtvertrag aus dem Jahre 1853.

In Gola befand sich ein Posten des zarenrussischen Militärs, der den Grenzübergang zum preußischen Schlesien überwachte. Das Militär quartierte bzw. siedelte ansässige Familien aus ihren Gutshöfen aus und setzte dort seine Landsleute ein. Auch in Schulen, Behörden, Gerichten besetzten sie die Stellen mit ihren Landsleuten, um in dem Gebiet zu herrschen und die Bevölkerung zu russifizieren.

Es stellt sich die Frage, ob der Priester damals an solche Wahlkandidaten gedacht hatte wie die Nachkommen der Familie meiner Ur-Ur-Urgroßeltern Fuhrmann, die noch heute in Nietuszyna, im Kreis Wieluń und anderen Orten Polens als polnische Bürger leben. Ihre Vorfahren kamen nach Polen als gut ausgebildete Facharbeiter, um dort in den Wassermühlen zu arbeiten, und sie brachten zugleich die neuesten Erfahrungen in Landwirtschaft und Mahltechnik mit.

Oder dachte der Priester damals an solche Wahlkandidaten wie die Nachkommen der Familien der zarenrussischen Eheleute K. u. O. Warski und der Frau L. Darski, die heute noch in Gola und anderen Orten Polens als vermögende Menschen leben? Ob die Leute noch heute die Cerkiew, ihre russisch-orthodoxe Kirche besuchen, die noch heute in der Umgebung von Gola steht, ist mir nicht bekannt. Sie kamen nach Polen, um in dem Land zu herrschen und sich alle Güter anzueignen.

Die Bezeichnung „Gutshof" bezieht sich auf die Größe des Landguts – über 125 ha, Bebauung, Ackerland, Wiesen, Wald usw. Meine Urgroßmutter Kupar nannte das Anwesen in Gola „Gutshof und Wassermühle", sonst war es „Mühlen-Ansiedlung" genannt.

Die Geschichte des Anwesen „Gutshof und Wassermühle" beschreibe ich ab dem Jahr 1832 nach meinem besten Wissen und Gewissen. Und das anhand der Erzählungen meiner Urgroßmutter Marianne Kupar, geb Schubert und späteren Recherchen meines Vaters Andreas und meines Sohnes Christoph. In den polnischen Dokumenten wird der Name Fuhrmann „Furman" oder „Furmański" und der Name Schubert „Szubert" geschrieben. Im Buch bleibe ich bei der deutschen Schreibweise „Fuhrmann" und „Schubert".

Ich beschreibe die zwei Familien deswegen, weil die zwei Familien ein Anwesen verbindet, das ich zum Thema des Buches unter dem Titel

Essay
der Müllerfamilie Fuhrmann
in Gola, Polen – ab 1832

Ein Essay nach Erzählung der Urgroßmutter
und späteren Recherchen

mache. Diese Bearbeitung widme ich an ersten Stelle meinen Ur-Ur-Urgroßeltern Jakob und Marianne Fuhrmann, damit das ihnen zugefügte Unrecht und die Demütigung durch die Zaren-Russen publik wird und der Name Fuhrmann in der Geschichte des Gutshofs und der Wassermühle in Gola und in dem Gebiet um Gola wieder auflebt.

Weiter widme ich diese Bearbeitung meinen Ur-Urgroßeltern Gottlieb und Julianne, geb. Fuhrmann, Schubert, auch meiner unvergessenen Urgroßmutter Marianne Kupar, geb. Schubert.

Nach Erzählungen der Urgroßmutter Kupar beschreibe ich in diesem Buch das Essay meiner Vorfahren: Fuhrmann, Schubert, Kupar – ehemalige Bewohner der Orte: Jarocice, Sokolniki, Gola, Nietuszyna, Wieluń usw., Polen.

So sollen ihre Namen dort weiter unter den Lebenden weilen und das Geschehene nicht in Vergessen geraten, nach der Maxime von Ferdinand Foch (frz. Militär, 1851-1929):

„Weil ein Mann ohne Gedächtnis ein Mann ohne Leben ist, ist ein Volk ohne Erinnerung ein Volk ohne Zukunft."

Februar, 2019
Heinrich-Andreas Makiela

I. Urgroßmutter Marianne Kupar

Im Jahr 1941, im Alter von 9 Jahren, war ich zum ersten Mal mit meiner Mutter in Welungen (Wieluń) und in Neutusch (Nietuszyna). Wir sind aus unserem Wohnort Gross-Dombrowka, Oberschlesien, mit der Bahn nach Welungen gefahren. Außerhalb von Welungen in Ruda, direkt an der Bahnstrecke, wohnte die Schwester meiner Mutter Genowefa mit ihrer Familie. Sie wohnten damals in einem Raum des Stalls, der entsprechend zum Wohnen umgebaut wurde. Ihr Wohnhaus wurde in den ersten Kriegstagen 1939 von einer Granate getroffen und war ausgebrannt. Am Vormittag des nächsten Tages waren wir auf dem Friedhof in Welungen, wo wir das Grab der Eltern meiner Mutter, meiner Großeltern, besuchten. Nachmittags fuhren wir mit einem Pferdegespann nach Neutusch, wo die Großmutter meiner Mutter und meine Urgroßmutter Marianne Kupar, geb. Schubert, wohnte. Die Urgroßmutter war damals verwitwet und 89 Jahre alt. Sie wohnte in einem gemauerten Haus mit Stall im Hof.

Anna Pietrzak, geb. Kupar, die Tochter der Urgroßmutter Marianne Kupar – Mutter meiner Mutter und meine Großmutter, wurde im Jahr 1880 in Nietuszyna geboren. Meine Mutter, Stanislawa Makiela, geb. Pietrzak, wurde im Jahr 1911 in Wieluń geboren. Die Orte Nietuszyna und Wieluń waren in ihren Geburtsjahren durch die Zarenrussen annektiert, die Amtssprache war in den Jahren dort russisch, und so sind ihre Geburtsurkunden in russischer Sprache verfasst worden – s. Seite 63.

Die Urgroßmutter Marianne Kupar wurde im Jahr 1852 in Sokolniki (Falkenhof) geboren, in einem Ort, der auch durch die Zarenrussen besetzt war. Sie war die Tochter meiner Ur-Urgroßeltern Gottlieb und Julianne Schubert, geb. Fuhrmann. Die Urgroßmutter begrüßte uns mit großer Freude, da sie ihre Enkelin Stanislawa nach 13 Jahren wieder sehen konnte und dazu ihren Urenkel Heinrich. Die beiden, die Großmutter und die Enkelin, hatten viel zu erzählen, denn ihre Enkelin war inzwischen verheiratet und Mutter von drei Kindern. Sie sprach auch viel über ihren Schmerz und die Sorge wegen des Anwesens „Gutshof und Wassermühle" in Gola. Die Wassermühle stand auf einem Grundstück direkt am Fluss „Prosna". Der Gutshof mit über 125 ha Land befindet sich auf einem anderen Grundstück, das unweit der Mühle liegt. Aus dem Anwesen wurden ihre Großeltern Fuhrmann und ihre Eltern Schubert irgendwann in der Hälfte des 19. Jahrhunderts durch russische Zarenbesatzer aus dem Anwesen ausquartiert bzw. vertrieben. Später wurde zwischen den dort lebenden Familien aus Zaren-Russland und der Familie Fuhrmann und Schubert ein erzwungener Erbpachtvertrag abgeschlossen. Vom Anwesen hörte ich zum ersten Mal, jedoch war meiner Mutter das Anliegen bekannt.

Die Urgroßmutter bat meine Mutter, sie solle mit ihrem Mann, meinem Vater, darüber sprechen und sich dafür einzusetzen, das Anwesen in Gola zurückzubekommen. Mein Vater stammte aus Sachsen, und so war ihm auch bekannt, wie er schriftlich in der Sache gerichtlich vorgehen sollte. In dem Gebiet um Welungen (das die Preußen vorübergehend verwalteten) war zu dieser Zeit die Behördensprache wieder deutsch.

Nach ein paar Tagen sind wir zurück nach Hause gekommen. Während des Besuchs gefiel ich wohl der Urgroßmutter, denn beim Abschied sagte sie mir: *„Ich würde mich freuen, wenn du mich in den nächsten Ferien besuchst."* Ich versprach ihr, dass ich kommen würde. Während die Großmutter mit meiner Mutter und den Eltern über das Anwesen in Gola gesprochen hatte, spitzte ich immer die Ohren, um viel zu dem Thema zu erfahren. Denn damals, in meinem Alter von 9 Jahren, konnte ich es nicht verstehen bzw. begreifen, dass Menschen andere Menschen aus ihrem Eigentum verjagen, um sich so das Eigentum mit Gewalt und hinterlistig anzueignen, um dort zu wohnen, es zu bewirtschaften und sich damit zu bereichern.

14

Mein Vater konnte nicht gleich zur Urgroßmutter nach Neutusch fahren, um ihr beim Wiedererlangen des Anwesens zu helfen. Der Vater besaß einen eigenen Friseursalon, der das ganze Jahr von Montag bis Samstag geöffnet war. Aber im nächsten Jahr 1942 war er bei ihr, und ich als zehnjähriger Junge war auch dabei. Die Urgroßmutter erzählte meinem Vater die ganze Geschichte über das Anwesen in Gola. Nämlich, dass ihre Großeltern Jakob und Marianne Fuhrmann im Jahr 1832 das Anwesen in Gola kauften – Gutshof und Mühle mit Wohn- und Wirtschaftsbebauung und dazu gehörendes Land mit über 125 ha. Bis zum Verkauf gehörte das Anwesen mit Land einem Herrn Karnecky aus Wieluń, und die Wohn- und Wirtschaftsgebäude auf den Grundstücken gehörten zu den königlichen Gutsbesitztümern, wurden aber von verschiedenen Pächtern bewirtschaftet.

Das Anwesen wurde als Eigentum von Jakob und Marianne Fuhrmann im Jahr 1833 in das Hypothekenbuch eingetragen. Die Großmutter Kupar besaß jedoch keinen Auszug aus dem Hypothekenbuch. Während des Gesprächs meines Vaters mit der Urgroßmutter spitzte ich die Ohren, denn das Thema interessierte mich immer mehr.

Das gekaufte Anwesen war zur Kaufzeit stark vernachlässigt, und so steckten die Ur-Ur-Urgroßelter Fuhrmann nach dem Kauf noch viel Geld in das Anwesen, und zwar für die Modernisierung der Mühle und den Ausbau der Wohn- und Wirtschaftsbebauung. Auf dem Gutshof wohnte die Familie Fuhrmann und später auch die Familie Schubert.

Die Urgroßmutter erzählte weiter, dass in der Zeit, als die Mühle und die Landwirtschaft gute Einnahmen brachten, ihre Großeltern und Eltern aus dem Herrenhaus und dem Gelände des Guts durch eine zarenrussische Truppeneinheit ausquartiert wurden, die sich dort einquartiert hatte. Ihre Großeltern und Eltern wohnten dann eine Zeit lang auf den Anwesen der Mühle. Nach einer Weile zog die Truppeneinheit aus dem Gutshof aus, und ein zarenrussischer Offizier zog mit seiner Familie ein. Ihre Großeltern und Eltern wohnten noch eine Zeit auf dem Anwesen der Mühle. Aber nach einer Weile wurden sie aus dem Anwesen der Mühle und sogar aus Gola vertrieben. Die Ur-Ur-Urgroßelter Jakob und Marianne Fuhrmann waren Eltern von vier Kindern – drei Töchter: Karolina, Julianne, Johanna und Sohn: Teofil. Die Geburtsreihenfolge der Kinder ist mir nicht bekannt. Julianne war die Mutter meiner Urgroßmutter Marianne Kupar.

Nun erfuhr mein Vater auch, wie es zum Abschluss des erzwungenen Erbpachtvertrags über das Anwesen „Gutshofs und Mühle" zwischen den russischen Besatzer und den Familien Fuhrmann/Schubert gekommen ist. Ein „Erzwungener Verpachtungsvertrag", weil die Fuhrmanns mit verschiedenen Methoden terrorisiert waren, um sie so zum Zwecke der Verpachtung des Anwesens einzuschüchtern. Die Mühle war laufend außer Betrieb, da die Besatzer wenig Getreide für die Mühle lieferten, um sie so finanziell zu ruinieren. Sogar sie nach Sibirien zu verbannen, und letztlich setzte jemand eine Holzwand der Mühle in Brand. Das Feuer wurde bei einem starken Gewitter gelegt, um wohl vorzutäuschen, dass der Brand von einem Blitzeinschlag herrührte. Glück im Unglück: es verbrannte nur ein Teil einer Holzwandseite, da anschließender starker Regen den Brand löschte, aber die Arbeitsvorgänge der Mühle kamen zum Stillstand.

Nach den schon erlebten unzumutbaren Ereignissen und dem Brand der Mühle bzw. Entzug der Einnahmen aus der Mühle sahen ihre Großmutter Fuhrmann und ihre Eltern Schubert keinen anderen Weg, als das Anwesen „Gutshofs und Mühle" an die russischen Zaren-Besatzer zu verpachten, um so Schlimmeres zu verhindern. Es soll ein Erbpachtvertrag gewesen sein, ein Vertrag, der nach 99 Jahren auslaufen sollte. So einen Vertrag abzuschließen hatte ihre Großmutter Marianne Fuhrmann nicht nötig, zwar war ihr Großvater Jakob zu dieser Zeit tot, aber in der Familie waren

16

drei starke Männer; Onkel Teofil Fuhrmann und ihr Vater Gottlieb Schubert, die von Beruf Müller waren, und der dritte war ihr Schwiegersohn Karol Wodziński, sein Beruf ist mir nicht bekannt. Die genauen Vertragsbedingungen waren der Urgroßmutter nicht so genau bewusst. Ihr war aber bekannt, dass die Pächter sich nur anfangs an die Pacht-Vertragsbedingungen gehalten haben. Nach der Verpachtung des Anwesens wohnten ihre Eltern Schubert weit von Gola, und die schriftlichen Mahnungen blieben erfolglos. Der russische Pächter – Besatzer des Gebiets, besaß die Macht in dem Gebiet, und so hatten die Unterdrückten dort nichts zu sagen und somit auch keine Rechte.

Mein Vater wollte auch wissen, warum die Urgroßmutter erst jetzt, nach so vielen Jahren nach dem abgeschlossen Erbpachtvertrag, versuche, das Anwesen zurück zu bekommen. Sie sagte meinem Vater, dass die Geschwister ihrer Mutter Julianne: Karolina, Johanna und Teofil verstreut von einander wohnten und fast keinen Kontakt zueinander hätten. Ihre Mutter Julianne konnte in der Richtung nichts machen, da sie nach einer Kinderkrankheit gehörlos war und so nicht schreiben konnte, und für einen Rechtsweg fehlte das Geld. Aber ab 1877 versuchte sie, den Pachtvertrag zu kündigen und so das Anwesen zurückzubekommen. Die Bemühungen blieben jedoch ohne Erfolg. In den Ämtern und Gerichten saßen weiter die zarenrussischen Besatzer, und die an die zuständigen Behörden zugestellten Schriftstücke blieben ohne Antwort. Und so war die Angelegenheit, das Anwesen zurückzubekommen, nicht möglich. Große Hoffnung hatte die Urgroßmutter Kupar, das Anwesen nach dem Jahr 1918 zurückzubekommen, da am Ende des Jahres 1918 die Republik Polen ausgerufen wurde. Die Teilung Polens war beendet, und die Amtssprache in den Behörden war wieder polnisch. Aber die Nachkommen der ersten russischen Besatzer blieben in Gola und dem Gebiet um Gola und saßen weiter in den Ämtern und Gerichten des Gebiets. Und so waren die Bemühungen, das Anwesen zurückzubekommen, weiter erfolglos, da auch noch das nötige Geld für die ständigen gerichtli-

chen Auseinandersetzungen fehlte. Die Kündigung des Erbpacht-
vertrages begründete die Großmutter Kupar immer damit, dass die
Verpachtung des Anwesens erstens erzwungenen war, zweitens,
dass die Pächter nur teilweise die Bedienungen gemäß dem Pachtvertrag erfüllten, und drittens der Pachtvertrag erst nach der Ausquartierung ihrer Großeltern Fuhrmann, ihrer Eltern Schubert und
dem Brand der Mühle zustande kam. Und so gab es am Ende keine andere Möglichkeit, als das Anwesen gezwungenermaßen an die
Russen zu verpachten. Weiter sagte die Urgroßmutter meinem
Vater, jetzt aber im Jahr 1942, wo in den Ämtern und Gerichten
die Nachkommen der Russen nicht mehr säßen, da bestünde die
Möglichkeit, das Anwesen mit seiner Hilfe zurückzubekommen.
Und noch ein Grund, das Anwesen zurückzubekommen, bestünde
darin, dass der Erbpachtvertrag im Jahre 1952 auslaufe.

▲ Abbildung der Wassermühle in Gola
Ein Schattenbild der in Holzkonstruktion – links und rechts das gemauerte
Gebäude der Mühle, erstellt auf einer Erinnerungsgrundlage alter Bewohner
von Gola – Stand: ab dem Jahr 1800. Links oben ist die Brücke über die
„Prosna" zu sehen – der Übergang zum preußischen Schlesien.
(Abbildung aus dem Buch „Gola" 1900 – 200", nach freundlicher
Zustimmung des polnischen Autors Jerzy Dela)

Nach den erhaltenen Informationen wollte mein Vater unbedingt
nach Gola fahren, um sich zu vergewissern, dass sich so ein Anwesen in Gola befindet. Der Ort Gola liegt ca. 40 km von Neutusch

entfernt. Der Fluss „Prosna" war ein Grenzfluss zwischen dem preußischen Schlesien und dem durch Zaren-Russen besetzten Gebiet – ab ? bis 1918. Nach 1918 zwischen dem preußischen Schlesien und der Republik Polen – bis 1939. In dem gemauerten Gebäude der Mühle waren ab 1918 bis 1939 die polnische Grenztruppe und das Zollamt untergebracht. Die Gebäude des deutschen Grenztrupps und des Zollamts befand sich auf der deutschen Seite in Sandhäuser (heute „Piaski" – Polen).

Eines Tages, zeitig am Tage, fuhren mein Vater, die Urgroßmutter und Urgroßmutters Schwager Antek, mit einem Pferdewagen nach Gola. In der Zeit befand ich mich auch bei der Großmutter in Neutusch, aber obwohl ich unbedingt mitfahren wollte, nahmen sie mich nicht mit. Schade, denn so könnte ich das, was ich dort gesehen und gehört hätte, heute genauer beschreiben. Die Bebauung der Mühle und des Gutshofs ist mir nur aus der Beschreibung des Anwesens durch meinen Vater und der Urgroßmutter bekannt. Der Holzbau der Wassermühle, in dem sich das Mahlwerk befand, existierte nicht mehr, wurde inzwischen abgerissen und das gemauerte Teil der Mühle stand leer – s. „Abbildung der Wassermühle in Gola" Seite 18. Der Vater und die Urgroßmutter sprachen mit den dortigen Dorfbewohnern und erfuhren, dass das Ackerland des Gutshofs an die Dorfbewohner verpachtet war. Die Leute in Gola erzählten ihm, dass sie den Acker nicht mehr pachten und bearbeiten wollten, da es an Arbeitskräften fehle, weil viele Männer des Ortes in Deutschland arbeiten würden. In dem Herrenhaus des Guts sollte damals ein Mann mit zwei Mädchen gewohnt haben. Ob sie mit dem Mann gesprochen hatten, ist mir nicht bekannt. Das hölzerne Gebäude der Wassermühle, mit dem Mahlmaschinen, existierte nicht mehr, nur das gemauerte Teil der Mühle stand leer.

Zur Aufgabe meines Vaters gehörte: erstens den Eigentumseintrag im Grundbuch zu finden und eine Abschrift zu besorgen. Zweitens die Geburtsurkunden der Erben nach Jakob und Marianne

Fuhrmann zu besorgen. Nach Besorgung der Urkunden sollte mein Vater in den dortigen deutschen Gerichten einen Antrag stellen, um das Anwesen zurückzubekommen. In den Jahren 1939 bis 1944 verwalteten die Deutschen das Gebiet um Gola. Während der Unterhaltung meines Vater mit der Urgroßmutter machte er sich einige Notizen – einige Daten betreffend die Nachkommen und so die Erben des Anwesens nach ihren Großeltern Jakob und Marianne Fuhrmann: ihre Tochter Julianne Schubert, geb. Fuhrmann; ihre Enkelin Marianne Kupar, geb. Schubert; ihre Urenkelin Anna Pietrzak, geb. Kupar usw.

▲ Notiz meines Vaters aus dem Jahr 1942

Mir ist unbekannt, warum die Urgroßmutter Kupar meinem Vater den Zunamen ihrer Tochter Anna, meiner Großmutter, nämlich „Pupper", mitteilte. War sie eine aus einer früheren Ehe mit Anton Pupper und ihrem zweiten Mann „Kupar" adoptierte Anna und bekam seinen Namen Kupar?

20

II. Neutusch (Nietuszyna) in den Jahren 1939 - 1944

Ich erwähnte schon, dass ich erst im Alter von 9 Jahren meine Urgroßmutter Marianne Kupar in Neutusch (Nietuszyna) kennen lernte. Der Ort war zu dieser Zeit unter deutscher Verwaltung, und so trug er den deutschen Ortsnamen Neutusch. Die Worte meiner Urgroßmutter, *„Ich werde mich freuen, wenn du mich in nächsten Ferien besuchst"*, nahm ich wahr, und so besuchte ich sie jährlich bis Ende des Jahres 1944. Sie war damals 92 bzw. 94 Jahre alt, da sie meinem Vater den 10.2.1850 als Geburtsdatum angegeben hatte, jedoch in der Geburtsurkunde stand, dass sie am 3.3.1852 geboren wurde – s. Seite 20 und 28.

Bei der Urgroßmutter in Neutusch verbrachte ich eine sehr schöne Zeit. Damals lernte ich dort die freundlichen Menschen und den Ort kennen, der ca. 10 km von Welungen (Wieluń) entfernt liegt. Ich werde ihn sogar als eine weitere Heimat bezeichnen. Und so möchte ich meine Eindrücke und Erlebnisse dort etwas beschreiben. In Neutusch lebte nicht nur die Urgroßmutter, dort lebten auch ihre zwei Schwestern mit Familien – Antonina Lisiak, geb. Schubert und Apolonia Kowalski, geb. Schubert. Apolonia heiratete zum zweiten Mal und bekam den Namen Żużewicz. In Nietuszyna wurde im Jahr 1880 die Mutter meiner Mutter, meine Großmutter Anna Kupar geboren. Wie meine Urgroßmutter und ihre zwei Schwestern aus Sokolniki (Falkenhof) nach Nietuszyna kamen ist mir unbekannt. Vielleicht lebte dort jemand aus der Verwandtschaft, oder sie wollten in der Nähe von Gola wohnen. Die Schwester Apolonia Kowalski wohnte in einem Holzhaus, und hinter dem Haus stand eine Windmühle – außer Betrieb. Bei ihr war ich nur paar Mal, und das ganz kurz. Ich brachte zu ihr etwas oder hatte dort etwas abgeholt. Sie war immer alleine in dem Haus. Die zweite Schwester der Urgroßmutter Antonina Lisiak wohnte mit ihren Mann und drei Kindern in einen gemauerten Haus, sie führten eine Bauernwirtschaft. Die Familie wurde immer mit „bei

Antek" genannt. Der Kosename stammte vielleicht vom Namen „Anton", oder vom Namen Antonina. Jedenfalls holte uns vom Bahnhof in Welungen (Wieluń) immer der „Antek" mit einem Pferdewagen ab und fuhr uns auch zurück zum Bahnhof. Manchmal hielt ich mich bei „Antek" auf, um mit seinen drei Kindern (ein Junge und zwei Mädchen) etwas zu unternehmen bzw. mit ihnen zu spielen. Die Kinder waren in meinem Alter, oder etwas älter. In das Haus führte vom Hof eine gemauerte Treppe direkt in die Küche. Von der Küche ging man in das Wohn- und Schlafzimmer herein. Öfter saßen wir auf der Treppe, wo wir die Mahlzeiten eingenommen hatten. Zum Naschen bekamen wir öfter in kleinen Töpfchen gekochte Ackerbohnen. Anteks Kinder wetteten stets mit mir, wer schneller aus einem rohen Hühnerei die flüssige Masse durch zwei kleine Löcher aussaugen und schlucken kann. Die Wette habe ich immer verloren, weil mich das ekelte. Die Kinder mussten den Eltern in der Bauernwirtschaft viel helfen, und so half ich ihnen manchmal auch. Meine Schwester Sofia war nur ein Mal mit mir bei der Urgroßmutter in Neutusch und wollte das zweite Mal nicht mehr hin fahren. Da sie jede Nacht von den Flöhen blutig gebissen wurde. Ich hatte mit den Blutsaugern keine Probleme. Die Urgroßmutter war der Meinung, dass Flöhe gute Menschen nicht beißen.

Das gemauerte Haus der Urgroßmutter bestand aus vier Zimmern, mit Spitzboden, ohne Keller. Die Zimmer waren folgendermaßen angeordnet: zwei links und zwei rechts der Diele, in die man von der Straße und vom Hof hereingehen konnte. Zwei Zimmer dienten ihr als Wohnung – Küche sowie Wohn- und Schlafzimmer zugleich. Die verbliebenen zwei Zimmer dienten ihr als Abstellkammer, wo sich verschiedene Vorräte für sie und die Tiere befanden. Im Hof des Anwesens befand sich ein Stall mit zwei Räumen. In einem Raum befand sich eine magere Kuh und ein Schwein, der zweite Raum war für das Geflügel. Sie besaß auch einen kleinen Garten mit Gemüse und einige Obstbäume. Sie bearbeite kein Land, aber sie hatte große Reserven von Kartoffeln und Getreide, was sie für eine Landverpachtung in Neutusch erhielt. Die Urgroßmutter hielt ich damals, mit ihren über 90 Jahren, für eine gesunde und starke Frau. Sie führte alle anfallende Arbeiten im Haus und Stall alleine aus, dabei half ihr keiner. So war sie immer froh, wenn ich bei ihr meine Ferien verbrachte und ihr auch etwas helfen konnte. Mehrmals sagte sie mir: *„Aus dir könnte ein guter Bauer werden. Wenn wir das Anwesen in Gola zurück erhalten, dann vererbe ich es dir."* Die Aussage machte mit Stolz. Aber einmal verprügelte sie mich, denn ich bin ihr abgehauen, anstatt die Kartoffeln aus der offenen Kartoffelnmiete in einem Korb in die Vorratskammer zu tragen. Einmal sagte sie mir, dass sie nie bei einem Arzt war, denn die Ärzte hatten ihre Praxis in Welungen (Wieluń), und die waren ihr auch zu teuer. Weiter sagte sie mir, dass ihre Ärzte und Apotheker in der Natur praktizierten und dass sie von dort ihre Arzneien hole. Verschiedene getrocknete Kräuter hingen in ihrer Vorratskammer, und andere befanden sich in verschiedenen Einmachgläsern. Als ich mich einmal verletzte, belegte sie mir die Wunde mit etwas geschlagenem Spitzwegerichsblatt und umwickelte es mit einem Stoffstück, abgerissen von einem alten Kleidungsstück. Gegen Husten erhielt ich gekochten Leinsamen mit Milch und Honig usw. Einmal fragte ich die Urgroßmutter, warum sie am Sonntag nicht in die Kirche gehe, so wie ich das von zuhause gewohnt war. Sie sagte mir, dass sie evangelisch sei, und die evangelische Kirche befände weit weg von Neutusch, in Welungen. Die Katholiken gingen in die katholische Kirche in Schwarzgrund (Czarnożyły). An einem katholischen Feiertag war ich in der Kirche mit der „Antek-Familie." Wir fuhren dort mit dem Pferdewagen hin.

Auf dem Feld baute eine Schwester der Urgroßmutter Flachs (Leinen) an. Bei der Leinernte war ich einmal dabei. Die Stängel der Pflanze mit der Samenkapsel wurden mit der Wurzeln aus der Erde herausgezogen. Aus den Leinsamen pressten sie Öl aus, und aus den Stängeln, nach entsprechender Bearbeitung, wurde Faden gesponnen und damit Gewebe angefertigt. Die Arbeit auf dem Bauerhof von „Antek" war sehr beschwerlich, und das auch für die drei Kindern, die den Eltern sehr gehorsam waren. In Neutusch roch immer schön der Rauch aus den Schornsteinen, da in den Küchenöfen vorwiegend Holz und Torf, aber auch trockene Kuhfladen verbrannt wurden. Ich nehme an, dass in Neutusch Torf gestochen wurde. Am schönsten war es, wenn man in der Dunkelheit durch Neutusch ging, man wurde von einem „Hundekonzert" begleitet. Denn die Hunde, die an den Hundehütten jedes Anwesens angeleint waren, bellten den Gehenden an. Die Hunde, die sich in der Höhe des Fußgängers befanden, bellten am stärksten. Diejenigen Tiere, die sich hinter dem Passanten befanden, hörten langsam mit dem Bellen auf, und die Hunde, die sich vor dem Gehenden befanden, begannen zu bellen. Und so war der bzw. die durch den langen Ort Gehende vom „Hundekonzert" begleitet.

In Neutusch verbrachte ich nicht nur meine Schulferien. In den Jahren 1941 – 1944 war ich dort öfter, und das nur kurz, mit meinem Vater, aber sehr oft mit der Schwester meiner Mutter – Tante Helena. Wir fuhren dort mit der Bahn zum Warenaustausch (Schmuggel). Von zu Hause nahmen wir Arzneien, Gewürze, Kerzen, Tabak. Zigaretten, Zigarettenpapier, Watte usw. mit – Ware, die dort, im Gouvernement, nur begrenzt zu kaufen war, oder die man dort überhaupt nicht kaufen konnte. Für die Ware erhielten wir Geflügel, Butter, Käse, Leinöl usw. – Ware, die bei uns, in Oberschlesien, nur begrenzt zu kaufen war, oder die man überhaupt nicht kaufen konnte. Ich war immer dabei, da ich auf die Ware aufpassen musste, wenn der Vater bzw. die Tante etwas zu erledigen hatten. Zwischen dem Gouvernement und Schlesien war eine militärische Grenzkontrolle, und so ein „Warenaustausch" (Schmuggel) war streng verboten. Aber die „Zöllner" konnte man bestechen, und manchmal drückten sie ein Auge zu. Bei manchen strengen Kontrollen bekannten sich die Schmuggler nicht zu der Ware, und so wurden sie auch nicht bestraft, und die Ware wurde dann beschlagnahmt. In Neutusch war ich das letzte Mal mit meinem Vater Ende November, oder Anfang Dezember 1944. Wir hatten damals viel Glück, dass wir mit großen Umständen nach Hause gekommen sind. Denn aufgrund nahliegender Kriegshandlungen ging vom Bahnhof in Welungen kein Personenzug ab. In der Bahnhofshalle befanden sich sehr viele Menschen mit Gepäck, die wohl aufgrund der vorrückenden Kriegshandlungen das Gebiet verlassen wollten. Und so sind wir mit der schmalspurigen Bahn von Welungen nach Praszka gefahren, und von dort kamen wir mit der Bahn nach Kreuzburg (Kluczbork). Auf dem Bahnhof von Kreuzburg sah die Lage noch schlimmer als in Welungen, da sich in dem Bahnhof in großer Menge Soldaten, uniformierte junge Frauen und private Personen befanden. Nach einer längeren Wartezeit kam ein vollbesetzter Zug an, in den wir irgendwie hinein gekommen sind. Erst früh am nächsten Tag kamen wir in Beuthen (Bytom) an. Von Beuthen sind wir dann zu Fuß (8 km) zu Hause, in Groß-Dombrowka, angekommen.

Die Urgroßmutter sprach Polnisch, Russisch und etwas Deutsch. Ich verständigte mich mit ihr in Polnisch und Deutsch. In den drei Jahren, in denen ich bei ihr die Schulferien verbrachte, sprach ich sehr oft mit ihr über die Vertreibung ihrer Großeltern Fuhrmann und Eltern Schubert aus dem Anwesen in Gola und dem Ort. Denn in meinem Alter konnte ich so eine Vertreibung nicht begreifen, dass jemand eine Familie aus ihrem Anwesen vertreibt, um selber dort zu wohnen und wie ihr eigenes zu verwalten. Wenn sie mir über die Vertreibung erzählte, verwünschte sie die Personen, die zarenrussischen Besatzer und ihre Nachkommen, die den Gutshof und die Wassermühle weiter ungerecht besitzen und verwalten. Die Schimpfwörter, welche die Urgroßmutter damals ausgesprochen hatte, möchte ich hier nicht beschreiben. Und so stelle ich mir die Frage, ob das gestohlene Anwesen den ersten Familien, nämlich den Eheleuten K. u. O. Warski und Frau L. Darski, sowie den jetzigen „Erben" viel Glück und Zufriedenheit gebracht hatte. Denn ein zugefügtes Unrecht sinnt auf Rache, noch in folgenden Generationen.

III. Recherchen meines Vaters Andreas

Das Erste, was mein Vater zu tun hatte, war, den Auszug aus dem Grundbuch zu besorgen, der besagt, dass Jakob und Marianne, geb. Neugebauer, Fuhrmann rechtliche Eigentümer des Anwesens „Gutshof und Wassermühle" sind. Und weiter zu besorgen waren die Geburtsurkunden ihrer Tochter Julianne Fuhrmann, ihrer Enkelin Marianne Schubert usw., und so dem Gericht die Nachkommen und zugleich die Erben nach Jakob und Marianne Fuhrmann vorzulegen.

Mein Vater schrieb im Jahr 1942 verschiedene Ämter an und erfuhr, dass das Grundbuch aus den Jahr 1833 sich im Amtsgericht in Weruschau (Wieruszów) befände. Er schrieb das Amtsgericht an mit der Bitte, im Grundbuch aus dem Jahr 1833 die Besitzeintragung auf den Namen Jakob und Marianne Fuhrmann zu finden und ihm die Notiznummer zu nennen. Das Schreiben war adressiert auf meine Mutter, da sie zu den weiteren Erben des Anwesens gehörte.

Das Amtsgericht in Weruschau antwortet mit Schreiben vom 21. Oktober 1942, Zeichen: 5 AR 39/42 – siehe unten, wie folgt: *„Auf Ihr Schreiben von 10.10.1942 wird Ihnen mitgeteilt, dass in der zweiten Abteilung des Hypothekenbuchs Z 523 (593) Jakob und Marianne geb. Neygebauer Eheleute Furman angeführt sind. Es wird bemerkt, dass dies die einzige Eintragung ist, die im Jahr 1833 vollzogen ist; weitere Eintragungen sind nicht vorhanden."*

◄

Schreiben des Amtsgerichts in Weruschau vom 21. Oktober 1942, Zeichen: 5 AR 39/42 adressiert an meine Mutter Stani Makiela (die handgeschriebenen Notizen auf dem Schreiben machte mein Vater)

Im weiteren Schreiben wendet sich mein Vater an das Amtsgericht in Weruschau mit der Bitte, ihm einen Grundbuchauszug aus dem Hypothekenbuch Z 523 (593), die Besitzeintragung auf Eheleute Jakob und Marianne geb. Neugebauer Fuhrmann, zuzusenden.

Auf ein weiteres Schreiben antwortet das Amtsgericht in Weruschau mit Schreiben vom 25. November 1942, Zeichen: 5 AR 39/42 – siehe unten, wie folgt: *„Der erbetene Auszug ist wegen des hohen Alters der eingetragenen Rechtsvorgänge und wegen Personalmangels z.Zt. nicht gefertigt, da er viel Zeit beansprucht. Sie können ihn daher vor einem Monat bestimmt nicht erhalten. Wenn Sie sich so lange nicht gedulden wollen, gebe ich Ihnen anheim, die Akten selbst einzusehen und den Auszug selbst auszufertigen. Schließlich haben die deutschen Gerichte heute wichtigeres zu tun, als sich um Rechtsvorgänge zu kümmern, die über 100 Jahre zurückliegen. Sind Sie überhaupt Deutsche?“*

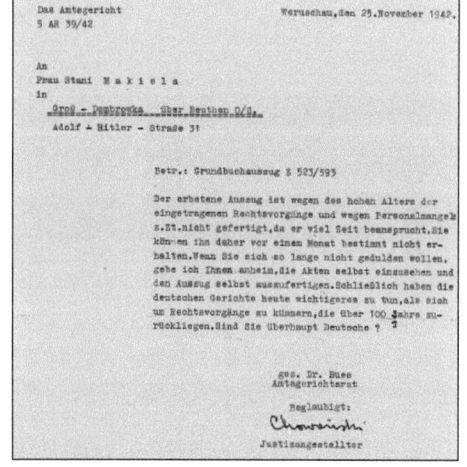

Schreiben des Amtsgerichts in Weruschau vom 25. November 1942, Zeichen: 5 AR 39/42 adressiert an meine Mutter

In weiteren Schreiben wendet sich mein Vater an verschiedene Ämter, um die Geburtsurkunden für die Erben des Anwesens in Gola nach Eheleuten J. u. M. Fuhrmann, nämlich Julianne Fuhrmann, Marianne Szubert, Anna Pupper usw., zu besorgen.

Die Geburtsurkunden, die auf den folgenden Seiten zu sehen sind, sind aus den polnischen bzw. russischen Urkunden angefertigt, und so sind die Vor- und Zunamen der polnischen Schreibweise und den polnischen Namen angepasst. Der deutsche Name

"Fuhrmann" wurde sogar auf einen echten, bodenständigen polnischen Namen „Furmański" umgeschrieben. „Echten", denn in Polen wird behauptet, dass alle Namen die auf „ski" enden, echte polnische Namen sind. Und so gehören wohl heute die noch in Polen lebenden Nachkommen meiner Ur-Ur-Urgroßeltern Fuhrmann (Furmański) zu den tief im polnischen Volk verwurzelten Bürgern.

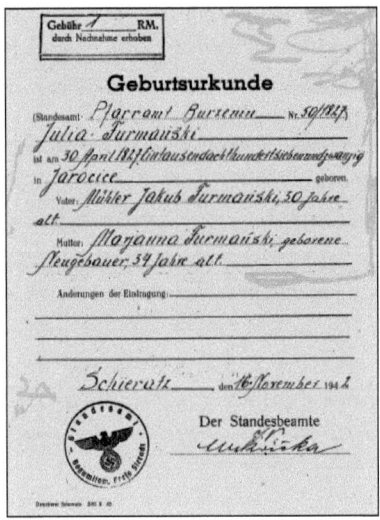

◄

Auszug aus der Geburtsurkunde meiner Ur-Urgroßmutter Julianne (Julia) Fuhrmann (Furmański). Sie wurde am 30. April 1827 in Jarocice geboren, und ist die Tochter von Jakob und Marianne Fuhrmann. Der Ort Jarocice liegt in der Gegend von Burzenin und Schieratz (Sieradz) ca. 90 km von Gola entfernt. Aus der Geburtsurkunde geht hervor, dass ihr Vater Jakob war Jahrgang 1797 und ihre Mutter Marianne, geb. Neugebauer Jahrgang 1793. Der Auszug wurde am 16. November 1942 durch das Standesamtes in Schieratz, anhand des Geburtbuches Nr. 50/27 des Pfarramtes in Burzenin, ausgestellt.

◄

Auszug aus der Geburtsurkunde meiner Urgroßmutter Marianne Julianne Schubert. Der Auszug wurde am 10. Dezember 1942 in Grünau, anhand des in polnischen Sprache geführten Geburten- und Taufbuchs der kath. Pfarrkirche in Sokolniki (Falkenhof), Jahrgang 1852/42, ausgestellt.

Marianne Schubert, meine Urgroßmutter und Tochter meiner Ur-Urgroßeltern Gottlieb und Julianne geb. Fuhrmann, Schubert wurde am 3. März 1852 in Sokolniki (Falkenhof) geboren. Der Ort Sokolniki liegt ca. 200 km von Gola entfernt. Nach Angaben der Urgroßmutter soll sie am 10.02.1850 geboren worden sein. Marianne war verheiratet mit Anton Kupar und wohnte in Nietuszyna. Sie waren Eltern einer Tochter namens Anna.

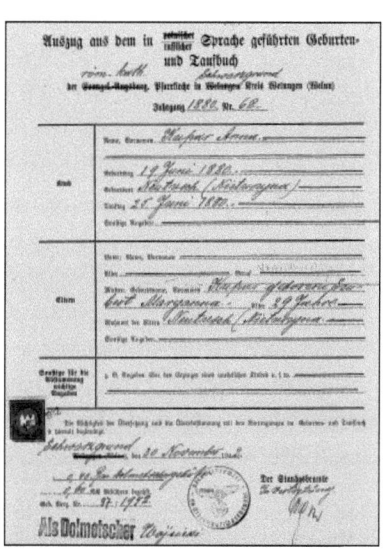

▶

Auszug aus der Geburtsurkunde meiner Großmutter Anna Kupar. Der Auszug wurde am 30. November 1942 durch das Standesamt in Schwarzgrund (Czarnoży-ły) anhand des in russischer Sprache geführten Geburten- und Taufbuchs der katholischen Pfarrkirche in Schwarzgrund, Jahrgang 1880/68, ausgestellt.

Anna Kupar, Tochter meiner Urgroßeltern Anton und Marianne Kupar und Mutter meiner Mutter wurde am 19. Juni 1880 in Nietuszyna (Neutusch) geboren.

Auf Seite 20 stellte ich mir zu der „Notiz meines Vaters aus dem Jahr 1942" die Frage, warum die Urgroßmutter Kupar meinem Vater den Zunamen ihrer Tochter Anna, meiner Großmutter, nämlich „Pupper", mitteilte. Das Geheimnis lüftet teilweise die Geburtsurkunde ihrer Tochter Anna, da der Name des Vater nicht angegeben ist. Sie wurde wohl als uneheliches Kind geboren, da ihr Vater auf der Geburtsurkunde nicht erwähnt ist – s. oben: „Auszug aus der Geburtsurkunde". War ihr Vater ein Anton Pupper, so wie es die Urgroßmutter meinem Vater angegeben hatte, oder war ihre Tochter Anna ein uneheliches Kind, was wollte wohl die Urgroßmutter ihm verheimlichen? Vielleicht adoptierte ihr späterer Mann Anton Kupar ihre Tochter Anna, und sie bekam den Namen Kupar. Anna Kupar war mit Ignatz Pietrzak verheiratet, und sie wohnten in Wieluń, wo beide verstorben sind. Sie waren Eltern von sieben Kindern.

Meine Mutter Stanislawa Pietrzak, Tochter der Großeltern Ignatz und Anna Pietrzak, geb. Kupar, wurde am 15. April 1911 in Wieluń geboren. Ihre Geburtsurkunde ist in russischer Sprache in der katholischen Pfarrkirche in Wieluń registriert – s. Seite 63.

Nach dem Schreiben des Amtsgericht in Weruschau von 25. November 1942, Zeichen: 5 AR 39/42 – s. Kopie des Schreibens auf Seite 27 –, erhielt mein Vater keine weiteren Schreiben, und so auch nicht den Grundbuchauszug aus dem Hypothekenbuch Z 523 (593). Die Ursache lag wohl auch darin, wie das Amtsgericht schrieb: *„Der erbetene Auszug ist wegen des hohen Alters der eingetragenen Rechtsvorgänge und wegen Personalmangels z.Zt. nicht gefertigt, da er viel Zeit beansprucht. „Schließlich haben die deutschen Gerichte heute wichtigeres zu tun, als sich um Rechtsvorgänge zu kümmern, die über 100 Jahre zurückliegen."* Eine andere Ursache lag darin, dass mein Vater nicht hingefahren war, um den Auszug selber anzufertigen, und nicht mehr das Gericht angeschrieben hatte, da er Ende des Jahres 1942 zur Wehrmacht einberufen wurde und an der Ostfront eingesetzt wurde.

Schade nur, dass der Vater nicht früher, schon im Jahr 1940, sich der Angelegenheit angenommen hatte. So hätte ihre Enkelin, meiner Urgroßmutter Kupar, das Anwesen der Ur-Ur-Urgroßeltern J. u. M. Fuhrmann, schon längst zurückbekommen.

Im September 1944 kam mein Vater als Kriegsinvalide zurück nach Hause. Wie ich schon erwähnte, ich war das letzte Mal mit meinem Vater in Neutusch bei der Urgroßmutter Kupar Ende November bzw. Anfang Dezember 1944. Die Urgroßmutter schmerzte es damals sehr, dass sie das Anwesen in Gola nicht zurück bekommen hatte. Mein Vater beruhigte sie und versprach ihr, dass weiter sich mit der Angelegenheit beschäftigen werde. Im Jahr

1945 kamen wieder die Russen nach Neutusch. Neutusch gehörte mit russischer Freundschaft zu Polen und bekam den polnischen Namen Nietuszyna zurück. Die Urgroßmutter Kupar verstarb im Jahr 1945 mit 93 bzw. mit 95 Jahren in Nietuszyna, und nach ihrem Tod beschäftigt sich mein Vater für einige Jahre nicht mehr mit der Angelegenheit „Gola".

Dank der Erzählungen der Urgroßmutter Kupar über das Schicksal des Anwesens in Gola und dank der Bemühungen meines Vaters Andreas, um es zurückzubekommen, war es mir möglich, die Geschichte des Anwesens bis jetzt zu beschreiben.

Anfang des Jahres 1950 schlug mein Vater vor, ich solle mich mit dem Zurückerhalten des Anwesens „Gutshof und Wassermühle" in Gola beschäftigen. Denn er selber hatte keine Kraft mehr, sich damit zu beschäftigen. Damit wollte er auch sein Versprechen der Urgroßmutter Kupar gegenüber einlösen, dass er sich weiter mit der Angelegenheit, das Anwesen zurück zu bekommen, beschäftigen werde. In dem Gespräch lebten die Erinnerungen an meine Urgroßmutter auf, an ihre Sorgen um das Anwesen in Gola und an die schöne Zeit, die ich bei ihr in Neutusch verbrachte. Ich war mit Vaters Vorschlag einverstanden, und somit wollte ich auch der Urgroßmutter ein Gefallen tun.

Ich bekam vom Vater die Unterlagen, die er mit seinen Nachforschungen zusammen gebracht hatte. Mit den Unterlagen besuchte ich in Katowice (Kattowitz) einen Rechtsanwalt und beauftragte ihn, sich mit der Beendung des Erbpacht-Vertrages aus dem Jahr 1853 und der Zurückgabe des Anwesens an uns, die Nachkommen von Jakob und Marianne Fuhrmann, zu beschäftigen. Nach einigen Monaten erklärte mir der Rechtsanwalt, dass in Gola ein solches Anwesen mit einer Wassermühle nicht mehr existiere, und auch kein Gutshof mit über 125 ha. Und wenn es einmal so einen Gutshof gegeben hätte, sei er gemäß dem polnischen Dekret: PKWN vom 06.09.1944 parzelliert worden und existiere so heute nicht mehr. Das war, aus welchem Grund auch immer, eine Lüge. Denn der Gutshof mit über 125 ha existiert noch heute (2018), wurde nicht gemäß dem polnischen Dekret: PKWN vom 06.09.1944 parzelliert, sondern viele Jahre später unter den Nachkommen der Erbpachtnehmer verteilt. Die Wassermühle gibt es nicht mehr, aber das gemauerte Nebengebäude der Mühle existiert als Ruine weiter – s. Seite 62.

Vielleicht erfuhr der Rechtsanwalt von einem seiner beruflichen Kollegen in der Region um Gola, dass es besser wäre, sich mit den Leuten, die auf dem Anwesen sitzen bzw. es verwalten, nicht auseinander zu setzen. Und so scheiterten auch meine Bemühungen, das Anwesen zurück zu bekommen.

Die mir von meinem Vater überlassenen Unterlagen legte ich in einem Ordner ab. Und es schien, als ob die Bemühungen, das Anwesen zurückzubekommen, in dem Ordner zum Andenken an meine Ur-Ur-Urgroßeltern Jakob u. Marianne Fuhrmann, Ur-Urgroßeltern Gottlieb u. Julianne Schubert und an die betrübte Erinnerung um das Anwesen Urgroßmutter Marianne Kupar aufbewahrt werden.

Ur-Ur-Urgroßeltern

Jakob (Geburtsjahr 1797, Müller) und Marianne (Geburtsjahr 1793)
geb. Neugebauer, Fuhrmann.
J. u. M. Fuhrmann kauften am 28.02.1832 ein Anwesen
„Gutshof mit Mühle" in Gola. Sie waren Eltern von vier Kindern:
Julianne, Karolina, Johanna und Teofil,
unter ihnen meine Ur-Urgroßmutter Julianne Fuhrmann.

Ur-Urgroßeltern

Julianne (Julia) Fuhrmann geb. 30. April 1827 in Jarocice
s. Geburtsurkunde auf Seite 28
Julianne heiratete am 17.09.1848 Gottlieb Schubert, und sie wohnten
eine Zeit in Gola.
Sie waren Eltern von drei Kindern: Marianne, Antonina u. Apolonia,
unter ihnen meine Urgroßmutter Marianne Schubert.

Urgroßeltern

Marianne Schubert, geb. am 3. März 1852 in Sokolniki (Falkenhof) – s.
Geburtsurkunde auf Seite 28

Marianna war mit Anton Kupar verheiratet, und sie wohnten in
Nietuszyna. Sie waren Eltern eines Kindes, meiner Großmutter
Anna Kupar

Großeltern

Anna Kupar, geb. am 19. Juni 1880 in Nietuszyna – s. Geburtsurkunde
auf Seite 29. Anna war mit Ignatz Pietrzak verheiratet, und sie wohnten
in Wieluń. Sie waren Eltern von sieben Kindern: Genoveva, Stanislawa,
Helena, Johanna, Janina, Mieczyslaw u. Jan. Unter ihnen meine Mutter
Stanislawa Makiela. Sie war Mutter von sechs Kindern, unter ihnen
Ich, Heinrich Makiela.

▲ Überblick der Nachkommen nach Jakob und Marianne Fuhrmann

IV. Die Ahne – Meine Urgroßmutter Kupar

Der Gedanke, dass die Unterlagen der Bemühungen meines Vaters, das Anwesen in Gola zurückzubekommen, im Ordner zum Andenken an meine betrübte Urgroßmutter Marianne Kupar aufbewahrt würden, war falsch. Es sah so aus, als ob der Urgroßmutter Kupar im Jenseits die Angelegenheit, das Anwesen in Gola zurückzubekommen, keine Ruhe lassen würde. Denn nach über 50 Jahren, als ich das letzte Mal die Urgroßmutter Kupar in Neutusch besuchte und mit ihr über Gola gesprochen hatte, war ich wieder in Wieluń und in Nietuszyna. Obwohl ich zu der Zeit in der Bundesrepublik Deutschland lebte, wo ich auch den Ordner mit den vom Vater besorgten Unterlagen betreffend das Anwesen in Gola hatte. Irgendwie betrachtete ich die Unterlagen als etwas sehr Wichtiges für eine spätere Ahnenforschung.

Die Eltern meiner Schwiegertochter Violetta, zugleich Schwiegereltern meines Sohnes Christoph, sind im Jahr 1992 von Katowice (Kattowitz) nach Wieluń umgezogen. Im Jahr 1993 besuchte ich Christophs Familie in Oberschlesien/Polen. Während des Besuchs wurde ich zu Christophs Schwiegereltern nach Wieluń eingeladen. Und so fuhren wir eines Tages mit dem Pkw nach Wieluń. Während des Besuchs in Wieluń erzählte ich, dass in Ruda bei Wieluń mein Cousin Henryk Podgórski lebe und dass in Nietuszyna meine Urgroßmutter Marianne Kupar gelebt hätte, bei der ich in den Jahren 1941–1944 meine Schulferien verbrachte. Also, die Erinnerungen an die schöne verbrachte Zeit in Welungen und Neutusch wurden wach. Ich erzählte ihnen auch das, was ich von der Urgroßmutter und meinem Vater über das Anwesen ihrer Großeltern Jakob u. Marianne Fuhrmann in Gola wusste. Christoph und sein Schwiegervater fanden die Erzählungen sehr interessant. So wollten sie unbedingt mit mir nach Nietuszyna fahren. Nun wollten sie die Familie meines Cousins kennen lernen und auch nach Nietuszyna fahren, damit ich ihnen zeigte, wo meine Urgroßmutter und ihre zwei Schwestern wohnten. Sie waren der Meinung, dass in

Nietuszyna noch Nachkommen der zwei Schwestern der Urgroßmutter wohnten. Eines Tages besuchten wir meinen Cousin in
Ruda, der mit seiner Familie in dem Haus wohnte, das während
der ersten Kriegstagen im Jahr 1939 ausgebrannt war. Es war eine
große Freude, meinen Cousin nach fast 50 Jahren wiederzusehen
und seine große Familie kennen zu lernen. Seit der Zeit ist Christoph mit ihnen in Kontakt.

An einem anderen Tag sind wir am Nachmittag nach Nietuszyna
gefahren, um Christoph zu zeigen, wo die Urgroßmutter und ihre
zwei Schwestern wohnten. Wir sind durch Nietuszyna mit dem
Pkw langsam hin und zurück gefahren, und ich konnte keines von
den Häusern, wo sie wohnten, finden, da der Ort sich in den vergangenen 50 Jahren bildlich verändert hatte. Vielleicht hätte ich die
Häuser doch erkennen können, wären wir zu Fuß durch den Ort
gegangen. Vor einem Haus fragten wir eine ältere Frau, ob ihr der
Name Marianne Kupar bekannt sei. Sie konnte sich an so einen
Namen nicht erinnern. Sie verwies uns an eine ältere Frau, nannte
den Namen und zeigte uns, wo sie wohnte. An dem Tag besuchten
wir die Frau nicht. Eigentlich wollte ich nur den Ort besuchen und
Christoph die Häuser zeigen, wo die Urgroßmutter und ihre
Schwestern wohnten. Nach dem Besuch in Nietuszyna erzählte ich
Christoph viel über die Urgroßmutter und über ihre und meines
Vaters Bemühungen, das Anwesen in Gola zurückzubekommen.

V. Recherchen meines Sohnes Christoph

Nach dem Besuch in Wieluń und Nietuszyna im Jahr 1993 und meinen Erzählungen über das Anwesen meiner Ur-Ur-Urgroßeltern Fuhrmann in Gola entschloss sich Christoph, sich mit dem Anwesen meines Vater weiter zu beschäftigen, d. h., den Auszug aus dem Hypothekenbuch aus dem Jahr 1833 zu besorgen, Zeichen: Z 523 (593), wo Jakob und Marianne geb. Neugebauer Eheleute Fuhrmann als Besitzer des Anwesens in Gola angeführt sind. Und so übergab ich Christoph alle Unterlagen, die sich in meinem Ordner befanden, die ich auch auf den Seiten 20 und 26 – 29 zeige und beschreibe.

Ich habe mich sehr gefreut, dass sich Christoph mit der Angelegenheit beschäftigen will, denn durch weitere Recherchen konnten wir einiges zur Geschichte des Anwesens in Gola erfahren. Und ich war überzeugt, dass jetzt nach dem Jahr 1990, wo in Polen andere politische Strukturen herrschen, es leichter wird, das ungerechte Geschehen, das vor über 100 Jahren in Gola geschah, ans Licht zu bringen – aufzuklären.

Christoph nutzte die Gastfreundlichkeit der Schwiegereltern und war öfter zu Gast bei ihnen in Wieluń. Von hier aus recherchierte er nach weiteren Unterlagen betreffend das Eigentum der Ur-Ur-Urgroßeltern Fuhrmann in Gola – basierend auf dem Hypothekenbuch aus dem Jahr 1833, Zeichen: Z 523 (593), wo das Eigentum eingetragen ist. Eines Tages fuhr er nach Nietuszyna und sprach dort mit der uns empfohlenen älteren Frau. Wie er erfahren hatte, war sie 104 Jahren alt und konnte sich an vieles erinnern. Sie hatte die Urgroßmutter Kupar gekannt und zeigte ihm, wo die Urgroßmutter und wo noch eine Enkelin der Schwester der Urgroßmutter wohnte. Er besuchte die Enkelin und erfuhr, dass die Schwester der Urgroßmutter bei „Anton" wohnte, wo ich auch ab und zu geweilt hatte, und sie Antonina Lisiak, geb. Schubert hieß. Vielleicht stammte der Name „Anton" von „Antonina", oder ihr Mann hieß Anton. Sie waren Eltern von drei Kindern, die ich schon im Buch erwähnte. Die zweite Schwester hieß Apolonia Kowalski (Windmühle), geb. Schubert. Aus ihrer zweiten Ehe mit Żużewicz kommen zwei Kinder, die kannte ich nicht. Die Nachkommen der Schwestern der Urgroßmutter und meiner Großmutter Anna wohnen in verschiedenen Orten Polens.

Bei einem Besuch in Nietuszyna fotografierte Christoph im Jahr 2000 das Haus der Urgroßmutter Kupar, in dem ich bei ihr viele Schulferien verbrachte. Es sieht so aus, wie ich mir es im Gedächtnis behielt. Das Haus stand zu dieser Zeit unbewohnt und gehört einem Sohn der Urgroßmutter Schwester Apolonia, der nicht in Nietuszyna wohnt.

▶
Das Haus der Urgroßmutter Kupar in Nietuszyna.

Das Hypothekenbuch aus dem Jahr 1833, Zeichen: Z 523 (593) konnte Christoph bei den Gerichten und Archiven des Kreises Wieluń nicht finden. Ihm wurde sogar gesagt, dass die Deutschen die Hypothekenbücher bei Verlassen des Gebiets im Jahr 1944 mitgenommen haben, und er solle bei einer ihm genannten deutschen Behörde in Berlin danach fragen. Dort war das Hypothekenbuch auch nicht zu finden. Am Ende wurde das Hypothekenbuch für vermisst erklärt. Die deutschen Behörden hatten im Jahr 1942 keine Schwierigkeiten gehabt, das Hypothekenbuch aus dem Jahr 1833 zu finden, wo Jakob und Marianne geb. Neugebauer Eheleute Fuhrmann als Besitzer des Anwesen in Gola angeführt sind.

Ich stellte mir die Frage, was für Geheimnisse und Kräfte um das Anwesen in Gola stecken, und das, seitdem die Familie Fuhrmann aus dem Anwesen ca. in der Mitte des 19. Jahrhunderts durch die

Zarenrussen vertrieben wurde. Klar, bis 1919 saßen in Gola noch weiterhin die Zarenrussen und die russischen Familien auf dem Anwesen der Familie Fuhrmann/Schubert. In den Jahren 1919 bis 1939, in denen das Land um Gola wieder zu Polen gehörte, waren die Bemühungen der Familien Schubert/Kupar, das Anwesen zurück zu bekommen ohne Erfolg, da in den Behörden und Gerichten die Nachkommen der zarenrussischen Besatzer saßen. In den Jahren 1939 bis 1944 gab es die Möglichkeit, das Anwesen zurück zu bekommen, da in dem Land um Gola keine russische bzw. polnische, sondern deutsche Gerichte existierten und regierten. Aber die Zeit damals war zu kurz, und mein Vater konnte die Angelegenheit nicht zu Ende erledigen. In den Jahren 1944 bis Anfang der 90 Jahren des 19. Jahrhunderts konnte ich in der Volksrepublik Polen auch nichts erledigen, und auf dem Anwesen in Gola saßen weiterhin die Nachkommen der zarenrussischen Familie. Die Volksrepublik Polen lebte in Freundschaft mit den Russen (UdSSR), und man konnte immer noch nichts erledigen, da die Russen weiter über Polen die Hand hielten. Jetzt, seit dem Jahr 1993, trifft man auf weiter Schwierigkeiten, jetzt ist sogar das Hypothekenbuch nicht mehr zu finden. Und so sollte wohl es sein, dass die wahre Geschichte um das Eigentum des Anwesens in Gola nicht ans Licht gebracht und eventuell dem Gericht geschildert werden konnte.

Persönlich und schriftlich suchte Christoph unnachgiebig weiter nach dem Hypothekenbuch, das schon für vermisst erklärt wurde, wohl um diese Angelegenheit für immer ruhen zu lassen. Aber Christophs Unnachgiebigkeit wurde belohnt, denn im Jahr 2003, nach fast elfjähriger Suche, fand er durch einen Zufall das Hypothekenbuch in der Grundbuchabteilung in Wieluń. Eigentlich wollte Christoph schon mit der Suche nach dem Hypothekenbuch aufhören, denn die Suche danach nahm für ihn viel Zeit in Anspruch, denn sein Wohnsitz befindet sich über 100 km von Wieluń entfernt. Die Fahrten hin und zurück waren auch mit Kosten verbunden, und die Besuche waren den Schwiegereltern nicht immer recht. Durch einen Zufall fand er doch das Hypothekenbuch, denn als er einmal bei den Schwiegereltern zu Besuch war, ging er zur Grundbuchabteilung in Wieluń, eigentlich um dem Beamten dort „Guten Tag" zu sagen und ihm mitzueilen, dass sich das Hypothekenbuch in Berlin nicht befände und dass er jetzt höheren polnischen Instanzen über das vermisste Hypothekenbuch berichten werde. Da sagte ihm der Beamte, dass er neulich durch einen Zufall das Hypothekenbuch Z 523 (593) gefunden habe. Und tatsächlich, in der zweiten Abteilung des Hypothekenbuchs Z 523 (593) aus dem Jahr 1833 sind Jakob und Marianne geb. Neugebauer Eheleute Furman als Eigentümer des Anwesens in Gola eingetragen. Es bleibt wohl ein Geheimnis des Beamten, warum er Christoph so viele Jahre das Hypothekenbuch nicht zugänglich machte.

Längere Zeit vor dem Fund des Hypothekenbuches sprach Christoph mit einer Nachkommin der zarenrussischer Familie, Frau W. Brzeński (Name geändert), zugleich die jetzige Besitzerin des Anwesens. Dabei verriet Christoph, dass die Eigentümer des Anwesens die Vorfahren seiner Familie Jakob und Marianne Fuhrmann sind und nicht sie. Vielleicht nannte er ihr dabei das Hypothekenbuch Z 523 (593), und so sorgte sie dafür, dass das Hypothekenbuch nicht aufzufinden war.

Aber auch dem Rechtanwalt, den ich in den Fünfzigerjahren des 20. Jahrhunderts in Katowice (Kattowitz) besuchte, war der Eigentumseintrag in dem Hypothekenbuch Z 523 (593) vom 21.10.1833 bekannt, und so hätte eine entsprechende Information nach Gola kommen können. Vielleicht lag die Ursache der Schwierigkeiten, das Hypothekenbuch zu finden, darin, dass die Nachkommen der Familie immer noch das Anwesen als Eigentum ansehen und weiter in Gola auf dem Anwesen des Guthofs und außerhalb von Gola leben. Sie sind einflussreiche Leute, und so haben sie im Umkreis von Gola viele Sympathisanten bei den Behörden, und es ist auch möglich, dass sie Bestechungsgelder zahlten, damit man das, was im 19. Jahrhundert geschah, verheimlichte, um das Anwesen nicht zurückgeben zu müssen.

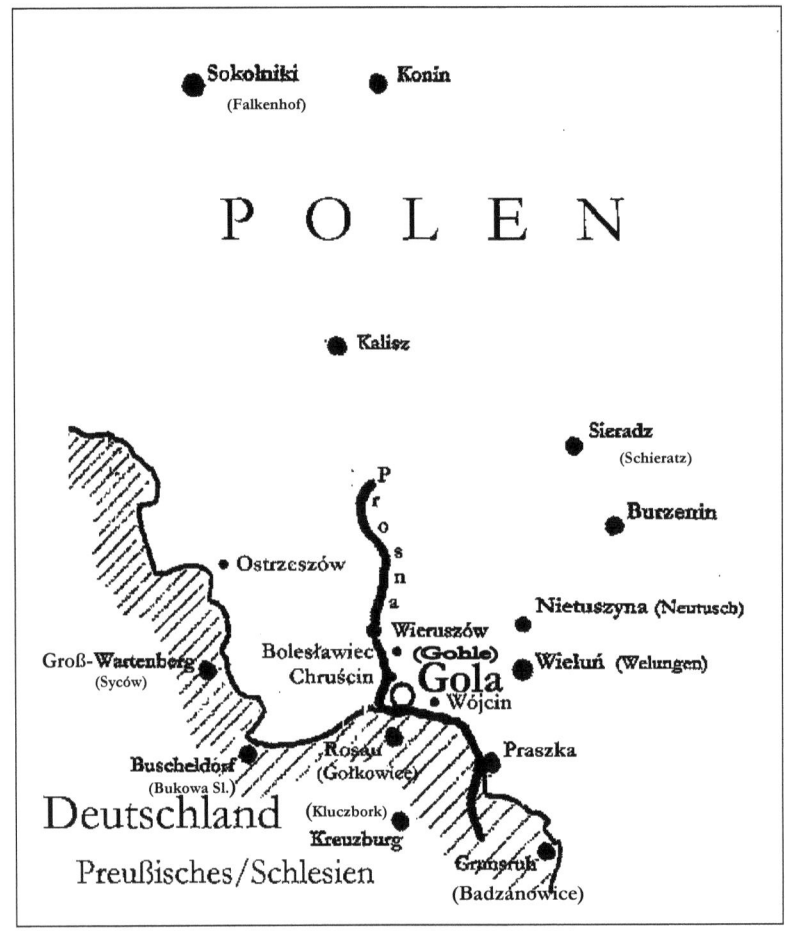

▲ Lageplan des Ortes Gola. Grenze Deutschland/Polen
Stand 1937

Die Entfernung von Gola nach Wieluń (Welungen) beträgt ca. 46 km, nach Nietuszyna (Neutusch) ca. 55 km (von Wieluń nach Nietuszyna ca. 10 km), nach Jarocice ca. 90 km und nach Sokolniki (Falkenhof) ca. 200 km.

VI. Eigentumseintrag des Guthofs und der Mühle im Hypothekenbuch Z 523 (593) vom 21.10.1833

Ich berichtete schon, dass Christoph nach fast elfjähriger Suche das Hypothekenbuch Z 523 (593) im Jahr 2003 durch einen Zufall in der Grundbuchabteilung in Wieluń gefunden hatte, wo er auch Kopien des Eintrags erhielt. Der Eigentumseintrag des Guthofs und der Wassermühle wurde in dem Hypothekenbuch am 21.10.1833 auf Jakob und Marianne Fuhrmann festgeschrieben.

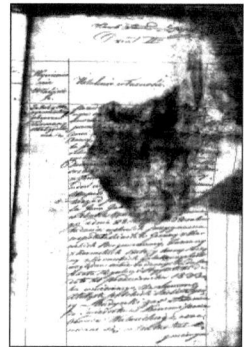

▲ Kopien der drei Seiten aus dem Hypothekenbuch: Z 523 (593)
vom 21.10.1833 – Eigentumseintrag
Seite 1 – Teil I . / Seite 2 – Teil II und Seite 3 – Dokumentenverzeichnis

Die Eintragung ist handschriftlich auf vier Seiten in altpolnischer Sprache niedergeschrieben. Der altpolnische Wortschatz, die Handschriftform und die starke Beschädigung von drei Seiten des Eigentumseintrags durch die Einwirkung einer Flüssigkeit bewirken, dass der Text schlecht zu lesen und zu verstehen ist. Die Sätze sind meistens nur mit Komma getrennt, und selten kommt ein Punkt vor – folgend die Übersetzung:

Seite 1 – Teil I

„Aufführung der Liegenschaft mit Beschreibung der Grenzen" – der Grundstücke, des Ackers, der Wiesen, des Waldes usw. Oben, über „Teil I" und unten hinter dem Text befinden sich einige unleserliche Unterschriften – wohl von dem Sachbearbeiter bzw. von Zeugen des Urkundeneintrags – siehe Abbildung der Kopie S. 41

Seite 2 – Teil II:

In der ersten Spalte unter „Aufführung der Eigentümer" sind die Eheleute Jakob und Marianne geb. Neugebauer, Fuhrmann, genannt. In der zweiten Spalte unter: „Festlegung des Eigentums", soweit ich den Text entziffern kann, wird das gekaufte Objekt ohne Bebauung beschrieben. Weiterhin, dass das Objekt mit amtlichem Vertrag vom 28. Februar 1832 für sechstausend polnische Zloty, ohne Bebauung, von Jan Jakub Kurnicki und dem Miteigentümer Joanny von Kurnicki Bergman, Zuzanny von Kurnicki Kute und Anne Kozyny von Kurnicki gekauft wurde. Oben, über „Teil II" befinden sich unleserliche Unterschriften – wohl von den Sachbearbeitern – siehe Abbildung der Kopie S. 41.

3. Seite – „Dokumentenverzeichnis"

Hier handelt sich wohl um verschiedene Dokumente, die mit dem Kaufobjekt verbunden sind, z. B.: unter lfd. Nr. 28 „Urteil des masowischen Tribunals mit Nr. 73.83 des Dokuments – gesamt 32 Positionen. Oben, über „Dokumentenverzeichnis", befinden sich einige unleserliche Unterschriften – wohl von dem Sachbearbeiter bzw. von Zeugen des Urkundeneintrags, und unten sieben unleserliche Unterschriften – siehe Abbildung der Kopie S. 41

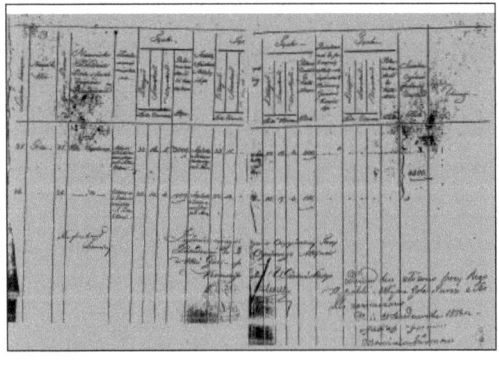

◄ Kopie der 4. Seite des Eigentumseintrags im Hypothekenbuch: Z 523 (593) vom 21.10.1833

4. Seite: In zwei Zeilen und mehreren Spalten sind zwei bebaute Grundstücke mit Baumbestand beschrieben. In der ersten Spalte unter „lfd. Nr." sind in zwei Zeilen die Ziffern 25 und 26 angegeben. In der zweite Spalte unter „Name

des Ortes", unter den Ziffern 25 und 26, ist der Ort „Gola" angegeben. In der dritten Spalte unter „Hausnummer", unter den Ziffern Nr. 25 und 26, sind die Nummern 25 und 26 (Haus- bzw. Grundstücks-Nummer) angegeben. In der vierten Spalte unter „Name des Grundbesitzers", unter den Ziffern 25 und 26, ist „Königlicher Besitz" angegeben.

In den Zeilen der Nr. 25 und Nr. 26 unter „Bewohnte Gebäude" und „Mühle mit Baumbestand" sind die Preise 3000,00 und 1000,00 Zloty angegeben, und für bäuerliche Bebauungen wie Scheune usw. mit Baumbestand ein Preis von 800,00 Zloty.

Unten, in der Mitte, befindet sich ein runder Stempel und eine nicht lesbare Unterschrift vom Gerichtsvollzier des Bezirks von Wieluń und rechts Unterschriften der Käufer des Objekts – Jakob Fuhrmann und Marianne Fuhrmann – „Furman" in polnischer Schreibweise. Datum 21. Oktober 1833.

Ende des Eintrages im Hypothekenbuch Z 523 (593) vom 21.10.1833

Nach dem heutigen Zustand der drei Seiten kann man behaupten, dass es jemandem daran lag, die Seiten unleserlich zu machen, denn man sieht, dass die Flüssigkeit nicht von außen, sondern direkt auf die Seiten kam. Man könnte auch behaupten, dass es jemandem daran lag, das Hypothekenbuch Z 523 (593) elf Jahre lang vor Christoph versteckt zu halten, um den Eigentumseintrag nicht zu finden bzw. die Flüssigkeitsflecken austrocknen zu lassen. Es war in Polen immer so, und es ist wohl weiterhin so bleiben, dass einige Bürokraten käuflich sind. Schade nur, dass meinem Vater im Jahr 1942, bei den deutschen Behörden, nicht gelungen war, die Auszüge der Eigentumseintragung aus dem Hypothekenbuch zu bekommen. So hätten wir heute die Auszüge gut lesbar und bestimmt mit einer Schreibmaschine geschrieben. Die deutsche Behörde schreibt im Schreiben vom 21.10.1942 und 25.11.1942 – s. Seiten 26 u. 27 – nicht, dass der Eigentumseintrag im Hypothekenbuch stark beschädigt und unlesbar sei. Ich nehme an, dass die Seiten nach 1942 unlesbar gemacht wurden. Ich berichtete schon, dass ich in den Fünfzigerjahren des 20. Jahrhunderts einen Anwalt in Katowice (Kattowitz) besuchte, und ihn anhand meiner Unterlagen bat, das Anwesen in Gola zurückzubekommen. Nach einer Zeit erklärte er mir, dass sich in Gola weder ein Anwesen mit Wassermühle noch ein Gutshof mit über 125 ha befänden. Vielleicht erfuhr er von einem seiner beruflichen Kollegen aus der Region um Gola, dass es besser wäre, sich mit den Leuten, die auf dem Anwesen sitzen, nicht auseinander zusetzen. Aber dadurch konnten die jetzigen „Besitzer" vom Eigentumseintrag im Hypothekenbuch Z 523 (593) erfahren. Und dazu, dass ein Nachkomme der Eheleute Jakob und Marianne Fuhrmann sich für das Anwesen interessiere. Und so konnten in der Zeit die jetzigen „Besitzer" die drei Seiten des Eigentumseintrags unlesbar gemacht haben.

Für die Bebauung mit Baumbestand auf dem Grundstück der Wassermühle bezahlten die Fuhrmanns 4.800,00 Zloty, und für den Gutshof – Bebauung, Grundstück und das Land (Acker, Wiesen, Wald usw.) bezahlten sie 6.000,00 Zloty. Zusammen bezahlten sie für das Anwesen 10.800,00 Zloty.

VII. Kaufvertrag des Gutshofs und der Mühle in Gola vom 28.02.1832

Aus dem Eigentumseintrag im Hypothekenbuch Z 523 (593) vom 21.10.1833 geht hervor, dass der Kaufvertrag des Anwesens in Gola am 28. Februar 1832 in Wieluń abgeschlossen wurde. Und so begann Christoph die Suche nach dem Kaufvertrag, den er auch gefunden hatte.

Der Kaufvertrag wurde in polnischer Sprache, handschriftlich auf vier Seiten – s. unten, in polnischer Sprache in 8 Punkten niedergeschrieben. Durch den altpolnischen Wortschatz sind mir einige Wörter in dem Vertrag unbekannt, und so ist meine deutsche Übersetzung womöglich nicht so treffend. Der Text des Kaufvertrages ist zügig geschrieben. Die Sätze sind meistens nur mit Komma getrennt und selten kommt ein Punkt vor – folgend die Seiten und die Übersetzung des Kaufvertrages:

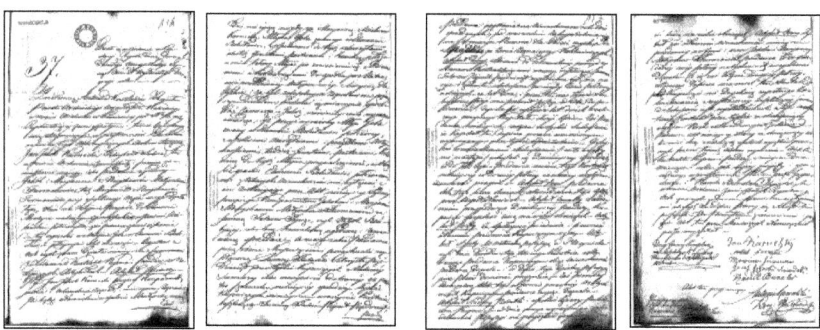

▲ Kopien der vier Seiten des Kaufvertrages vom 28.02.1832

Seite 1 – Stempelgebühr: Zehn Groschen
Der Kaufvertrag wurde in der Kanzlei des Regenten am 28. Februar 1832 in Wieluń verfasst. Er schreibt, dass vor ihm, Anton Kowalski, Regent des Kreises von Wieluń, Wojewodschaft Koszalin, in der Stadt Wieluń, Am Markt Nr. 6, wo er wohnt und sich

seine Kanzlei befindet wurde, bei Anwesenheit der am Ende aufgelisteten Zeugen der Vertrag abgeschlossen wurde.

Persönlich Anwesende: Jan Jakub Karnetzki, Tuchfabrikant, wohnhaft in Wieluń als Verkäufer. Jakub und Marianne, geb. Neugebauer, Eheleute Fuhrmann, beide wohnen in der Mühle Przywóz, gehörend der Ökonomik Mierzyce, Kreis Wieluń und in der Mühle Gola, gehörend der Ökonomik Bolesławiec, deklarieren, einen Verkauf- und Kaufvertrag abzuschließen, und das in folgenden Punkten:

Pkt.1. Herr Jan Jakub Karnetzki, oben genannter Komparent sagt öffentlich und freiwillig aus, dass er mit seiner verstorbenen Frau Marianna Wicher Karnicki die Mühle in der Ökonomik Bolesławiec, mit allen sich befindlichen Requisiten, Böden, Weiden und Stauden die Eigentümer sind, und nach Ableben der Mutter bewilligen die Kinder, das Anwesen zu verkaufen, und verkündet, dass sie die Mühle Gola in der Ökonomik Bolesławiec mit allem darin befindlichen Werkzeug, Mahlordnung, sowie zugehörigen Böden, Weiden und Stauden in den Grenzen der Ökonomik Bolesławiec, wobei nichts ausgeschlossen oder behalten wird, durch gerichtlichen Vertrag, an die Komparenten Jakob und Marianne, geb. Neugebauer, Eheleute Fuhrmann für 1000 Taler bzw. 6000 Zloty, als geschätzten und vereinbarten Verkaufspreis zu verkaufen. Der Verkäufer lässt einen Restbetrag von 550 Talern des heutigen Kaufpreises des Anwesens hypothetisch zurück als Erbschaft für die Kinder seiner verstorbener Frau.

Pkt.2. Entsprechend dem Vertrag zwischen Verkäufer und Käufer ist der Betrag von 550 Talern den folgenden Erben meiner verstorbener Frau in zwei Jahren auf die Hand auszuzahlen. Der Verkäufer legt fest, dass die Summe erst ausgezahlt werden sollte, wenn die Erben die Auszahlung verlangen. Sollten die Erben ihren Anteil verkaufen wollen, so steht dem Verkäufer die Hälfte der Summe zu.

Pkt.3. Der Verkäufer nimmt die Verantwortung des unterzeichneten Verkaufsvertrages auf sich wegen der Miteigentümerschaft des Anwesens.

Pkt.4. Die zugehörige Laudemium aus diesem Verkauf nimmt der Käufer auf sich.

Pkt.5. Für die Sicherheit des Besitzes und Eigentums garantiert der Verkäufer.

Pkt.6. Ungezwungen erlaubt der Verkäufer dem Käufer vom Hl. Wojciech, das heißt vom 23. April des laufendes Jahres an, das gekaufte Anwesen zu übernehmen, und ab den Tag haftet er für das Anwesen – jure pleni dominii (= als Eigentümer zu vollem Recht)–, im vollem Umfang (gemäß der Herrschaftsgesetze). Der Verkäufer gestattet dem Käufer, einen Auszug aus dem ersten Exemplar des Aktes in rechtlicher Form zu verlangen.

Pkt.7. Anfallende Steuern und öffentliche Belastungen das Anwesen betreffend von dem erwähnten Tag an zu bezahlen.

Pkt.8. Die Eigentumstitel des hier verkauften Anwesens auf den Namen Jakob und Marianne Eheleute Fuhrmann, betreffend die verkaufte Hälfte, sollen unverzüglich geregelt werden. Wenn es um die zweite Hälfte geht, soll dies solange keine Wirkung haben, bis der Käufer eine Quittung für die Auszahlung der restlichen Summe vom Nachfolger, das heißt Miteigentümer, vorlegt, dass der Vertrag von ihnen anerkannt wird. Am Ende steht, dass sie den Vertrag als Pflicht annehmen und auf alle rechtlichen Vorgehen gegen diesen Vertrag verzichten. Der Kauf- und Verkaufsakt am Ort, Tag und Monat und im Jahr wie oben angenommen und angefertigte, bei Anwesenheit von Herrn Josef Jągowski und Karol Buncelar, Bürger und Bewohner der Stadt Wieluń, persönlich dem Regenten bekannt, die keine Einwände gegen den Vertrag haben, und mit beglaubigten Unterschriften versehen. Nachdem der Vertrag vorgelesen wurde, verstanden und angenommen wurde, wurde er unterzeichnet. Ein zweiter Hauptvertrag mit Stempel „15 Groschen" wurde Herrn Kornecki am 19. November 1832 ausgehändigt. Hauptvertragsauszug mit Stempel „15 Groschen" wurde den Fuhrmanns ausgehändigt.

Unterschriften unter dem Vertrag: Verkäufer: Jan Karnecky, Käufer: Jakob und Marianne Fuhrmann, Zeugen: Josef Jągowski, Karol Buncelar und Regent des Bezirks von Wieluń: Anton Kowalski. Und ein Hinweis, dass Verkäufer und Käufer eine Abschrift des Vertrags erhielten.

Ende des Kaufvertrages vom 28.02.1832

Im Text des Kaufvertrages schreibt der Regent den Namen des Verkäufers mit polnischer Schreibweise „Karnecki". Und er selber unterzeichnete den Vertrag mit „Karnetzky." Der Kaufpreis des Anwesens ist in Talern angegeben. Es lag wohl daran, dass der Ort Gola direkt zum preußischen Schlesien lag, und so wurde der preußische Taler dort noch im Jahr 1832 zur Wertberechnung des Verkaufobjekts angenommen. In dem Kaufvertrag sind Summen von 1000, 450 und 500 Talern genannt – gesamt: 1.950,00 Taler. Der berechnete Kaufpreis in Talern wurde wohl dann in polnische Złoty umgerechnet, da der angegebene Kaufpreis im Hypothekenbuch in Zloty, 10.800,00 Zloty, angegeben ist. Daraus ergibt sich, dass 1 Taler ~5,53 Zloty entsprach.

Der Kaufvertrag vom 28. Februar 1832 war die Grundlage zum Eigentumseintrag vom 21.10.183 im Hypothekenbuch Z 523 (593).

Sehr viel Zeit verbrachte Christoph in den Archiven in Wieluń und außerhalb von Wieluń mit der Suche nach Urkunden in den verschiedenen Urkundenbüchern unserer Vorfahren sowie nach dem „Erzwungenen Pachtvertrag", über den die Urgroßmutter Kupar mir und meinem Vater viel erzählt hatte.

In den Urkundenbüchern der evangelischen Pfarrkirche in Wieluń fand Christoph, unter anderem, im Heiratsregister aus dem Jahr 1848 die Hochzeitsurkunde meiner Ur-Urgroßmutter Julianne (Julia) Fuhrmann – Mutter meiner Urgroßmutter Marianne Kupar.

Sie heiratete am 17. September 1848 in der evangelischen Pfarrgemeinde in Wieluń den preußischen Schlesier Gottlieb (Bogumił) Schubert (Szubert). Wieluń liegt von Gola ca. 46 km entfernt.

Die Heiratsurkunde ist in polnischer Sprache, handschriftlich auf einer Seite registriert. Aus der Heiratsurkunde geht hervor, dass die Hochzeitsfeier in Gola stattgefunden hatte. Im September 1848 wohnte die Familie Fuhrmann also noch in Gola. Frage: Wohnten sie zur Hochzeit noch auf dem Grundstück des Guthofs oder auf dem Grundstück der Mühle? In der Heiratsurkunde ist notiert, dass die Braut Julianne Fuhrmann die Heiratsurkunde nicht unterschrieben habe, da sie nicht schreiben könne. Mir war bekannt, dass die Mutter meiner Urgroßmutter Marianne Kupar – Julianne Schubert, geb. Fuhrmann, nach einer Kinderkrankheit gehörlos war und so möglicherweise nicht schreiben konnte, oder auch nicht unterschreiben wollte. Und so war das nur der Vorwand, um die Heiratsurkunde nicht zu unterschreiben, da sie zur Heirat mit Gottlieb Schubert möglicherweise gezwungen war.

Die Heiratsurkunde haben unterschrieben: Bräutigam Gottlieb (Bogumił) Schubert Zeugen: .... Kucharski, Krystian Schubert und Pastor Lembke. Die Unterschrift auf der Heiratsurkunde der Braut, Julianne Schubert, geb. Fuhrmann fehlt.

Zwei Mal besuchte Christoph die heutige „Eigentümerin", Frau Brzeński (Name geändert). Sie gab Christoph zur Kenntnis, dass ihr Vater das Anwesen von Frau Jadwiga gekauft hatte. Und Frau Jadwiga hatte das Anwesen von ihrer Großmutter, Eheleute O. Warski und Frau L. Darski (Namen geändert) geerbt. Die Namen der Eheleute K. u. O. Warski und von Frau L. Darski sind im Erbpachtvertrag erwähnt. Christoph fand jedoch Unterlagen, dass im Jahr 1967 die Eheleute Brzeński einen Notar besuchten und ihn um eine Bescheinigung baten, dass sie die Eigentümer des Anwesens in Gola seien. Sie sollen dem Notar erklärt haben, dass die Unterlagen, dass sie Eigentümer des Anwesens seien, in den

Kriegswirren 1939-1945 verloren gegangen wären. Und so erstellte ihnen der Notar ein Dokument, dass sie die Eigentümer des Anwesens sind. Aber mit der Bemerkung, dass das Dokument rechtliche Fehler beinhaltet. Anhand dieses Dokuments sollte ein Eigentumseintrag in einem Hypothekenbuch (Grundbuch) auf den Namen ihrer Familie erfolgen. Ein Eigentümer eines Anwesens braucht doch kein notarielles Dokument, dass er Eigentümer eines Anwesens ist. Ein Eigentumsnachweis kann man doch anhand des Eintrags im Hypothekenbuch finden und so ein Eigentumsdokument erstellen lassen. Zum Beispiel, so wie das Christoph gemacht hat, nach 11 Jahren Suche nach dem Hypothekenbuch Z 523 (593), wo die Eigentümer des Anwesens in Gola, Jakob und Marianne Fuhrmann, eingetragen sind.

Es ist möglich, dass Frau Brzeński weiß, wie ihr Eltern zu dem Besitz bzw. wie ihre Vorfahren zu dem Anwesen gekommen sind, und stellt sich dumm, oder sie weiß es nicht. Denn spätestens von 1942 bis 2003 – 61 Jahre, hatte ihr bzw. ihren Eltern keiner das „Eigentum" streitig gemacht.

Die russischen Zarenbesatzer siedelten sich nicht nur auf dem Besitz der Familie Fuhrmann an, sie verjagten sie sogar, spätestens nach dem Erbpachtvertrag, im Jahr 1853, aus dem Ort Gola. Die Hochzeitsfeier von Gottlieb und Julianne Schubert fand im Jahr 1848 in Gola statt, und ihre Tochter Marianne Schubert (meine Urgroßmutter) wurde im Jahr 1852 in Sokolnikach (Falkenhof), 200 km von Gola entfernt geboren. Und ein Jahr später, 1853, wurde der erzwungenen Erbpachtvertrag unterschreiben. Von Sokolniki übersiedelte die Familie Schubert, bzw. nur ihre drei Töchter – Marianne (Kupar), Antonina (Lisiak) Apolonia Schubert Apolonia (Kowalski bzw. Żużewicz) in die Nähe von Gola, nach Nietuszyna (Neutusch). Die Orte Gola und Nietuszyna liegen ca. 55 km voneinander entfernt. In Nietuszyna wohnten sie nicht weit weg vom Ort Jarocice, wo ihre Mutter Julianne Szubert, geb. Fuhrmann geboren wurde.

VIII. Erbpachtvertrag des Gutshofs und der Mühle vom 14.09.1853 bzw. 26.09.1853

Nachdem Christoph das Hypothekenbuch Z 523 (593) vom 21.10.1833 und den Kaufvertrag vom 28.02.1832 gefunden hatte, fand er auch den erzwungenen Erbpachtvertrag vom 14.09.1853 bzw. 26.09.1953. Die zwei Datenangaben beziehen sich wohl auf den Tag des polnischen und russischen Kalenders.

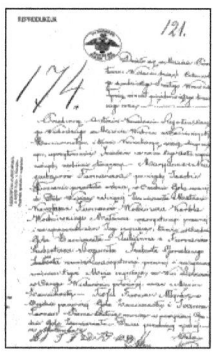 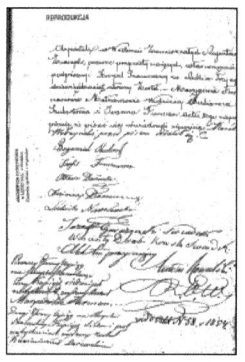

◄ Kopie des Erbpachtvertrages vom 14.09.1853 bzw. 26.09.1953 – die 1. und 8. Seite. Die seitlichen und oberen Stempel und stammen von dem polnischen Archiv, wo die Kopien vom Original angefertigt wurden.

Der Erbpachtvertrag ist auf acht Seiten handschriftlich in polnischer Sprache in fünf Punkten verfasst und von mir in die deutsche Sprache übersetzt, so gut es mir nur möglich war. Die Sätze sind meistens nur mit Komma getrennt, und selten kommt ein Punkt vor – folgend die Übersetzung des Erbpachtvertrags:

Die Vertragsgebühren wurden in russischer Währungseinheit 0,15 Rubel, je Vertragspartner 7½ Kopeken, bezahlt, die auf dem russischen „Doppeladler-Stempel" in russischer und polnischer Sprache angegeben sind – links die Abbildung.

Der Erbpachtvertrag wurde in der Kanzlei von Herrn Anton Kowalski, Regent des Bezirk von Wieluń, in der Stadt Wieluń, am 14. September 1853 bzw. am 26. September 1853 abgeschlossen – beim Regenten Anton Kowalski wurde auch vor 21 Jahren der

Kaufvertrag des Gutshofs und der Wassermühle in Gola am 28.02.1832 abgeschlossen.

Der Regent erwähnt in dem Vertrag, dass die Verhandlung in seiner Kanzlei begann in Anwesenheit der Zeugen, die am Ende des Vertrages erwähnt sind. Und dass von der Verkaufsseite erschienen ist: die Verkäuferin – Marianne geb. Neugebauer Fuhrmann, Witwe des verstorbenen Ehemannes Jakob Fuhrmann, wohnhaft in der Ansiedlung „Gola" und rechtlich ihre Kinder assistierend – Karolina geb. Fuhrmann Wodzinska, mit Vollmacht ihres Mannes Karol Wodziński zu verhandeln, wohnhaft in der Ansiedlung „Gola" – Julianne geb. Fuhrmann Schubert, mit Vollmacht ihres Mannes Gottlieb Schubert zu verhandeln, wohnhaft im Dorf Bolkowice, Kreis Wieluń – Teofil Fuhrmann, Müller, wohnhaft in der Ansiedlung „Gola", und die volljährige, ledige Johanna Fuhrmann, wohnhaft in der Ansiedlung „Gola". Und dass von der Käuferseite erschienen sind: die Landesbürger Frau L. Darski, Eheleute K. u. O. Warski (Namen geändert), und dass seine Frau von ihm eine rechtliche Vollmacht hatte, mit ihm zu verhandeln. Weiter ist angegeben, dass beide Eheleute Warski sowie die volljährige, ledige L. Darski Miteigentümer der Güter von Wójcin mit Liegenschaften im Kreis Ostrzeszów-Wieluń, wohnhaft im Dorf Wójcin sind – und die Zeugen dem Regenten bekannt und rechtskräftige Personen zur Abschließung des Kauf- und Verkaufvertrages sind.

Pkt.1. Marianne geb. Neugebauer, Fuhrmann sagt öffentlich und freiwillig vor dem anwesenden Regenten aus: dass am 28. Februar 1832 sie mit ihren Ehemann Jakob Fuhrmann durch einen amtlichen Erbpachtkaufvertrag als Eigentum die „Mühle Gola" kaufte, die laut der Sznejdra-Flurkarte (Schneider?) am Fluss „Prosna" liegt, zwischen den Dörfer Chruścin und Wójcin, und sie umfasst: Platz, Äcker, Gärten, Wiesen, Kiefer- und Erlengebüsche, Straßen 6 Kubikmeter, 25 Morgen, 11 Ruten Rehnski-Maßstab, und dass der frühere Eigentümer des Guts Jan Jakob Karnecki und seine Kinder Joanna Bergeman, genannt Kuty und Rozymy Gollakow waren. Weiter berichtet der Regent, dass Marianne geb. Neugebauer Fuhrmann und infolge des Todes ihres Mannes Jakob Fuhrmann ihre im Vertrag erwähnten Kinder das erwähnte Gut je zur Hälfte erben: Karolina Wodzinska, Julianne Szubert, Johanna Fuhrmann und Teofil Fuhrmann. Alle bekräftigen, dass sie das Gut „Mühle Gola", das schon vorher beschriebene Gut, das im Territorium des Wójcin-Guts im Kreis Ostrzeszów-Wieluń liegt, mit allen Rechten, Titeln, Belastungen, Pflichten, Wohltaten und Vorbehalt den Mitantragsstellern der gleichen Wójcin-Guts mit Vorrechtskauf für die Eheleute K. u. O. Warski und Frau L. Darski, mit Erbpacht als ihr Eigentum für einen freiwillig, gütlich und beschlossen Schätzungspreis von 10.000,00 polnische Zloty, das heißt 1.500,00 Silberrubel, übergeben.

Pkt.2. Von der obengenannten, geschätzten Summe behält der Käufer eine Summe von 3.300,00 polnische Zloty, das heißt 495,00 Silberrubel, mit Zinsen vom 1. Januar 1856 gerechnet. Dann gehen davon noch Expropriationszahlungen an die alten Besitzer der Mühle, an Jan Jakob Karnecki, Joanne Bergeman – Annie Kuty und Anne Rozyne Gollakow in Höhe von 165,00 Silberrubel als erhöhte Bonifikation für die verbrannte Mühle, die bis dahin nicht wieder aufgebaut wurde, und dann noch ein weitere Zahlung an die Käufer als Eigentümer des Guts in Höhe von 62,00 Silberrubel und 70 Kopeken für eine ausstehendende Miete. Von dem geschätzten Kaufpreis verbleibt für den Verkäufer 5.182,00 Zloty, das heißt 777,00 Silberrubel und 30 Kopeken. Die Hälfte der Summe in Höhe von 2.591,00 Zloty, das heißt 388,00 Silberrubel und 65 Kopeken, bekommt die Verkäuferin, die Mutter Fuhrmann, und von der verbliebenen Hälfte bekommen Karolina Wodzinska, Julianne Szubert Johanna Fuhrmann und Teofil Fuhrmann pro Kopf einen Betrag in Höhe von 647,00 Zloty und 25 Groschen, das heißt 97,00 Silberrubel und 17½ Kopeken. Die Zahlung soll einmalig und in bar durch die Käufer als Eigentümer des Anwesens, Eheleute K. u. O. Warski und Frau L. Darski, mit Quittung ausgezahlt werden. Nach Erhalt seines Anteil von 97,00 Silberrubeln und 17½ Kopeken verzichtet Teofil Furman seinerseits für immer darauf, einen Anspruch zu erheben, so auch Karolina Wodzinska, Julianne Schubert und Johanna Fuhrmann, wenn sie ihre Anteile von 97,00 Silberrubeln und 17½ Kopeken von den Eheleuten K. O. Warski und Frau L. Darski spätestens bis zum 1. Januar 1854 erhalten. Die Eheleute K. O. Warski und Frau L. Darski verpflichten sich, voll zu bezahlen und bei Verzug von zwei Monaten mit Vollstreckung und Zinsen von 5% für Marianne Fuhrmann jedes Jahr im Voraus am 1. Januar zu bezahlen.

Pt.3. Anfallende Belastungen mit der obengenannten Mühle wie Guts-Miete, anfallende Steuer und andere Pflichten übernimmt der Käufer; außerdem hineingehend in die Rechte des Verkäufers alle mit der Mühle verbundenen Pflichten zu vollbringen.

Pkt.4. Um den Käufern die Sicherheit zu geben, dass das Kaufsobjekt, die schon beschriebene Mühle ihr Eigentum ist, erlaubt der Verkäufer die Eigentumsumschreibung der Mühle in das Grundbuch der Güter von Wójcin, mit der Angabe des Teilinhabers K. Warski als Stellvertreter in weiteren Handlungen.

Pkt.5. Die Erwerber Eheleute K. u. O. Warski und Frau L. Darski erlauben der Mitverkäufern Marianne geb. Neugebauer Fuhrmann in Anbetracht des hohen Alters und der Schwäche bis zum Lebensende auf dem Anwesen der Mühle zu bleiben, im Holzhaus zu wohnen. Den zu dem Haus zugehörigen Stall und Garten zu benutzen und auf eigene Kosten instand zu halten. Zwei Kühe im Sommer auf gezeigter Wiese zu weiden und für den Winter zwei Fuhren trockenes Heu je 6 Zentner, und 15 Beete bei den Stall-Eichen und 5 unter dem Wald, und 2 Zugs Holz jährlich. Am Ende, nach deutlichem Vorlesen und Verstehen, wurde der Verkauf- und Kaufvertrag – Erbpachtvertrag durch Verkäufer Gottlieb Schubert und Teofil Fuhrmann, die Erwerber Eheleute K. u. O. Warski und Frau L. Darski, die Zeugen Josef Gurczynski und Winzent Drubikowski und den Regenten unterschrieben.

Der Regent versichert, dass die Zeugen ihm nach rechtlicher Gegenständlichkeit geprüft und persönlich bekannte Bürger mit

Wohnsitz in Wieluń sind – und gemäß dem Schätzungsstempel wurden 3 Silberrubel und 90 Kopeken hinterlegt.

Ende des Erbvertrages vom 14.09.1853 bzw. vom 26.09.1853

Resümee zum Erbpachtvertrag

Marianne Fuhrmann, die Eheleute Wodzinski, Julianne Schubert und Johanna Fuhrmann unterschrieben den Vertrag nicht, sie erklärten, dass sie schreiben nicht könnten. Die Unterschriften wurden mit einer anderen Handschrift hinzugefügt, außerdem war Karol Wodzinski (Schwiegersohn von Marianne Fuhrmann) zu den Vertragunterschriften nicht erschienen.

Schon an den fehlenden Unterschriften am Ende des Erbpachtvertrags kann man ersehen, dass der Vertrag nicht, wie es erwähnt ist, freiwillig für einen freiwilligen und gütlichen Schätzungspreis von 10.000 polnische Zloty abgeschlossen wurde. Denn von den fünf im Vertrag erwähnten Personen: die Verkäuferin Marianne Fuhrmann und ihre vier Kinder Karolina Wodziński geb. Fuhrmann, Julianne Szubert geb. Fuhrmann, Johanna Fuhrmann und Teofil Fuhrmann, unterschrieb den Vertrag nur einer, nämlich Teofil Fuhrmann. Eine weitere Unterschrift befindet sich in dem Vertrag von dem hierzu berechtigten, oder auch nicht, nämlich dem Ehemann von Julianne und Schwiegersohn von Marianne Fuhrmann – Gottlieb Schubert.

Im Vertrag wird erwähnt, dass Marianne Fuhrmann, die Besitzerin des Gutshofs, und ihre drei Töchter den Vertrag nicht unterschrieben, weil sie angeblich nicht schreiben konnten. Mir ist bekannt, dass die Mutter meiner Urgroßmutter Marianne Kupar – Julianne Schubert, geb. Fuhrmann, nach einer Kinderkrankheit gehörlos war, aber sie konnte, wenn auch sehr schlecht, sprechen. Dass sie nicht unterschreiben konnte, oder nicht unterschreiben wollte, ist möglich, denn ihre Heiratsurkunde, im Jahr 1848, unterschrieb sie auch nicht.

Aber warum die Ur-Ur-Urgroßmutter Marianne Fuhrmann den Vertrag nicht unterschrieben hatte, das ist fraglich, denn im Kaufvertrag vom 28.02.1832 und in der Eigentumseintragung im Hypothekenbuch Z 523 (593) vom 21.10.1833 befindet sich ihre Unterschrift. Ihre drei Töchter Karolina, Julianne und Johanna konnten wirklich nicht schreiben, oder es war nur unter dem Vorwand, dass der Vertrag nicht zustande kommt. Und ihr Schwiegersohn Karol Wodziński erschien nicht zur Unterzeichnung des Vertrages, mit Absicht, oder aus anderen Gründen.

Die Vertragsnehmer: Eheleute K. u. O. Warski und Frau L. Darski, wie mir mein Vater und die Urgroßmutter Marianne Kupar erzählten, sind den Vertragsverpflichtungen nicht in vollem Umfang nachgekommen. Die Eigentumsumschreibung, wie sie sich der Käufer K. Warski wünschte, erfolgte wohl nicht, da man in den Archiven so einen Eigentumseintrag nicht finden konnte. Und in der Eigentumseintragung im Hypothekenbuch Z 523 (593) vom 21.10.1833 wurden keine Veränderungen vorgenommen, und so sind, meiner Meinung nach, weiter Jakob und Marianne geb. Neugebauer Fuhrmann bzw. ihre Nachkommen (unter ihnen auch ich) rechtliche Eigentümer des Anwesens in Gola.

Ich erwähnte schon, dass der Erbpachtvertrag erzwungen war, da die Fuhrmanns mit verschiedenen Methoden eingeschüchtert wurden, sogar mit der Verbannung nach Sibirien bedroht wurden, und letztlich setzte jemand eine Holzwand der Mühle in Brand. Den Vertrag haben nur die zwei Männer Teofil Fuhrmann und Gottlieb Schubert unterschrieben, vielleicht aus Angst, nach Sibirien verbannt zu werden. Die Erwerber, Eheleute K. u. O. Warski und Frau L. Darski als Besatzer, konnten doch das Anwesen ohne den Pachtvertrag in Besitz nehmen. Das haben sie aber nicht getan. Vielleicht weil die Russen Respekt vor der deutschen Familien Fuhrmann hatten, denn die Fuhrmanns waren Landsleute der Preußen-Deutschen, die sich auf der anderer Seite des Flusses „Prosna" befanden. Mit dem Vertrag nahmen die Besatzer einen wichtigen Wirtschaftszweig in ihre Hände – Land- und Mühlen-wirtschaft (ein Teil des Wirtschaftslebens), um sich selber und ihre russischen Landsleute abzusichern.

Im Vertrag wurde erwähnt, dass die Erwerber, Eheleute K. u. O. Warski und Frau L. Darski, Bürger des Landes sind, des Landes um den Ort Gola – Landes der Russen sind. Der Regent gibt sogar an, dass die Erwerber und die Zeugen ihm bekannte und rechts-kräftige Personen zur Abschließung des Kauf- und Verkaufvertra-ges seien. Zu den Personen der Verkaufsseite, Fuhrmann & Co., wird nicht erwähnt, dass sie Bürger des Landes um den Ort Gola sind. Wohl weil sie Deutsche bzw. Polen waren und keine Russen, die sogar schon dort lebten, bevor die Russen dort angekommen sind.

Von der Verkaufssumme behielten die Käufer, d. h. die Eheleute K. O. Warski und Frau L. Darski, 495,00 Silberrubel als Bürg-schaftsleistung mit rechtlichen 1% ab dem 1. Januar 1856. Der Vertrag erwähnt nicht, wann die Bürgschaft endet. Die Zinsen wurden nicht gezahlt und die Summe auch nicht zurückgeleistet.

Das, was die Urgroßmutter Kupar mir erzählte, dass die Mühle in Brand gesetzt wurde, bestätigt der Erbpachtvertrag, da von der Verkaufssumme 165,00 Silberrubel abgezogen wurden, als erhöhte Bonifikation für die verbrannte Mühle, die bis dahin nicht wieder aufgebaut wurde.

Von der Urgroßmutter Kupar war mir bekannt, dass ihre Mutter Julianne geb. Fuhrmann Schubert noch drei Geschwister hatte. Die sind in dem Erbpachtvertrag erwähnt: ein Bruder: Teofil und zwei Schwestern: Karolina und Johanna. Der Lebensweg der Ge-schwister Teofil Fuhrmann, Karolina geb. Fuhrmann Wodziński und Johanna Fuhrmann ist mir unbekannt.

10.000,00 – Verkaufs-Schätzungspreis in Zloty = 1.500,00 in Silberrubel. Daraus ergibt sich ein Verrechnungskurs 1 Silberrubel = ~ 6,66 Zloty.

Vom Verkaufs-, Schätzungspreis in Höhe von 1.500,00 Silberrubel wurden folgende Beträge abgezogen: 495,00 Silberrubel – für die Bürgschaft; 165,00 Silberrubel – für die abgebrannte Mühle und 62,70 Silberrubel und 70 Kopeken – für eine ausstehende Miete, zusammen: 722,70 Silberrubel = 2.591,00 Zloty.

Den „Verkäufern" (Fuhrmann & Co) blieb also fast die Hälfte des Verkaufspreises 777,30 Silberrubel = 5.182,00 Zloty zur Auszahlung. Die Hälfte von der verbliebenen Summe 777,30 Silberrubel = 5.182,00 Zloty bekam die Verkäuferin Marianne Fuhrmann, die Eigentümerin des Anwesens, das waren 388,00 Silberrubel und 65 Kopeken = 2.591,00 Zloty.

Die verbliebene Hälfte 388,65 Silberrubel = 2.591,00 Zloty erbten die vier Kinder nach dem verstorbenen Vater Jakob Fuhrmann, je 97,00 Silberrubel und 17½ Kopeken = 647,00 Zloty und 25 Groschen.

Also, die Fuhrmanns kauften das Anwesen im Jahr 1832 für 10.800,00 Zloty, und beim Erbpachtvertrag im Jahr 1853, 21 Jahre später, bekamen sie fast nur die Hälfte davon – 5.182,00 Zloty zurück. Und, wie mir von meiner Urgroßmutter Kupar bekannt ist, steckten ihre Großeltern Fuhrmann noch viel Geld in das Anwesen des Guthofs und der Mühle.

Die Urgroßmutter Kupar erzählte mir, dass nachdem die Fam. Fuhrmann aus dem Anwesen des Guts vertrieben wurde, sie auf dem Anwesen der Mühle wohnten. Mir war jedoch unbekannt, wo sie da wohnten – im Gebäude der Mühle oder in einem Haus auf dem Anwesen der Mühle. Aus dem Erbpachtvertrag geht hervor, dass sich auf dem Anwesen außer der „Mühle" (Holz- und Steinbebauung), noch ein Holzhaus, Stall und Garten befanden, wo früher die Betreiber der Mühle wohnten.

Erst wurde die Familie Fuhrmann aus dem Anwesen des Guts vertrieben, dann wurden sie durch die Besatzer terrorisiert, um sie zu dem Erbpachtvertrag zu zwingen. Nachdem es zu dem Erbpachtvertrag kam, wandelten sich die bösen Menschen Eheleute K. u. O. Warski, Frau L. Darski usw. zu gutmütigen Menschen und erlaubten ihr, der Verkäuferin Marianne Fuhrmann, vertraglich bis zum Lebensende auf dem Anwesen der Mühle in dem sich dort befindlichen Holzhaus zu wohnen. Den Stall und den Garten zu benutzen und dazu noch einiges mehr wurden ihr vertraglich zugesichert.

Von den Vertragsbedingungen, wie mir meine Urgroßmutter Kupar erzählte, wurde kaum was erfüllt, und die Fuhrmanns wurden sozusagen durch weiteren Terror seitens der Besatzer aus dem Anwesen der Mühle und aus dem Ort Gola vertrieben. Heute verstehe ich, warum die Urgroßmutter Kupar so oft bei den Erzählungen über den Leidensweg ihrer Großeltern Fuhrmann und Eltern Schubert mit Tränen kämpfte und sie immer dabei Verwünschungen aussprach, da ihrer Meinung nach die Nachkommen der zarenrussische Besatzer das Anwesen weiter ungerecht besitzen und verwalten würden. Die Schimpfwörter, die die Urgroßmutter damals ausgesprochen hatte, möchte ich hier nicht beschreiben. Es ist fraglich, ob den Pächtern, Eheleute K. u. O. Warski und Frau L. Darski, und den jetzigen „Erben" das Anwesen in Gola viel Glück und Zufriedenheit gebracht hat. Denn ein zugefügtes Unrecht sinnt auf Rache und das noch an folgenden Generationen. Jemand sagte: „Wenn Recht zu Unrecht wird, wächst Widerstand" — stimmt, der besteht noch heute nach fast 165 Jahren.

Beim Kauf des Anwesens in Gola, im Jahr 1832, waren meine Ur-Ur-Urgroßeltern Fuhrmann Jakob 35 Jahre und Marianne 39 alt. Und im Jahr des Erbpachtvertrages, im Jahr 1853, war sie 60 Jahre alt. Ihre Tochter Julianne Schubert, geb. Fuhrmann, Mutter meiner

Urgroßmutter Kupar, war 26 Jahre alt, fünf Jahre verheiratet. Ihre Tochter, meine Urgroßmutter Marianne Kupar, war ein Jahr alt.

Das Wesentliche meines Buches ist es, auf die wahren Eigentumsbesitzer aufmerksam zu machen, die gemäß dem Kaufvertrag vom 28.02.1832 und Eigentumseintrag im Hypothekenbuch Z 523 (593) vom 21.10.1833 immer noch die Eheleute Jakob und Marianne Fuhrmann und heute ihre Nachkommen sind. Denn der Erbpacht wurde durch zarenrussische Besatzer erzwungen. Außerdem ist der Vertrag zu Gunsten der Pächter, Eheleute K. u. O. Warski und Frau L. Darski, formuliert und dazu ein Erbvertrag auf 99 Jahre. Auf der Verpachtetenseite standen ortsansässige, eingeschüchterte Untertanen, ohne Recht, sich zu verteidigen – Familie Fuhrmann/Schubert. Auf der Pächterseite standen Ausländer und Besatzer aus Zaren-Russland, die Familien K. u. O. Warski und L. Darski, die mit ihrem Recht das polnische Land verwalteten. Ein weiterer Grund, die Erbpacht nicht anzuerkennen, ist, dass die Verpächter Gottlieb Schubert und Teofil Fuhrmann nicht die Eigentümer des Anwesens waren. Gottlieb Schubert war Fuhrmanns Schwiegersohn und gemäß der Klausel in der Heiratsurkunde, dass das Brautpaar erklärte, dass sie keinen Ehevertrag abgeschlossen hätten, betrifft das wohl auch das Eigentum ihrer Eltern beiderseits. Teofil Fuhrmann war Sohn von Jakob und Marianne Fuhrmann, dem bis dahin sein Erbteil nicht rechtlich zustand, denn seine Mutter unterschrieb den Pachtvertrag nicht.

Ein weiterer Grund, die Erbpachtvereinbarung nicht anzuerkennen, ist der, dass zuerst die Familie Fuhrmann durch das Militär der Zaren-Russland aus dem Anwesen des Gutshofs vertrieben wurde und dann durch die Erbpacht aus dem Anwesen der Mühle, die in den alten Dokumenten „Mühle Siedlung" genannt wird. Nach dem Erbpachtvertrag konnte, gemäß dem Erbpachtvertrag, nur die alte Marianne Fuhrmann in dem sich auf dem Anwesen der Mühle befindlichen Holzhaus wohnen. In der Zeit wohnte ihre verheiratete Tochter Julianne Schubert nicht mehr in Sokolniki, sondern in Bolkowice, Bezirk Wieluń. Die zweite verheiratete Tochter Karolina Wodzinski, ihre unverheiratete Tochter Johanna Fuhrmann und ihr Sohn Teofil Fuhrmann (Müller) wohnten eine Zeit in Gola, von wo sie dann vertrieben wurden.

In einem Buch eines polnischen Autors las ich, dass Teofil Fuhrmann nach Abschluss des Erbvertrages eine Zeit in der Mühle in Gola als Müller beschäftigt war. Wie lange sie noch in Gola wohnten ist mir unbekannt, bekannt ist mir nur, dass sie alle unter Druck der Besatzer aus Zaren-Russland den Ort Gola verlassen hatten.

Im Jahr 1941 erfuhr ich, dass drei Enkelkinder von der Ur-Ur-Urgroßmutter Marianne Fuhrmann, geb. Neugebauer und Kinder ihrer Tochter Julianne Schubert, geb. Fuhrmann: Marianne Schubert (verh. Kupar), Antonina Schubert (verh. Lisiak) und Apolonia Schubert (verh. Kowalski bzw. Żużewicz) in Neutusch (Nietuszyna) bei Welungen (Wieluń) wohnten.

Das Schicksal der vier Kindern meiner Ur-Ur-Urgroßmutter Marianne Fuhrmann: Julianne (Mutter meiner Urgroßmutter Kupar), Karolina, Johanna und Teofil ist mir unbekannt. Vielleicht wohnten sie alle nicht weit von Gola, im Bezirk von Wieluń – in Nietusszyna? Die Nachkommen der drei Enkelkinder der Ur-Ur-Urgroßmutter Julianne Schubert: Marianne, Antonina und Apolonia leben in Nietuszyna, im Umkreis von Wieluń und in anderen Teilen Polens.

Die Wassermühle

In einem Buch eines polnischen Autors las ich, dass die Mühle amerikanischen Typs sein sollte, mit zwei Mühlsteinen. Und dass der Betrieb der Mühle um 1912 eingestellt worden sein sollte, da die Nachkommen der Erbpächter, Eheleute K. O. Warski und Frau L. Darski, bzw. ihre Nachkommen die Wasserrechte der

„Prosna" zum Antrieb der Mühle an den preußischen Gutshofbesitzer Rittmeister Konstant Vov Lieres verkauften. Er kaufte die Wasserrechte ab, da durch die Stauung des Wassers des Flusses „Prosna" für die Mühle seine Wiesen, die an der deutschen Seite des Flusses lagen, öfter überflutet waren. Und aus diesem Grund kam es öfter zwischen den Nachkommen der Pächter, Eheleute K. O. Warski, Frau L. Darski, und dem Rittmeister zum Streit.

Nachdem die Republik Polen im Jahr 1918 ausgerufen wurde, befanden sich in dem gemauerten Teil der Mühle (s. Seite 18) die polnische Grenzadministration – Zollamt und Grenzsoldaten, da das Gebäude direkt am Grenzübergang zum preußischen Schlesien stand. Die Mühle wurde angeblich nach 1912 abgerissen. Im Jahr 2014 fotografierte Christoph das gemauerte Gebäude der Mühle. Das Gebäude ist unbewohnt – ein allmählich abbröckelndes Gemäuer zugewachsen mit Bäumen und Sträuchern. Die Fenster, teilweise mit Altholz, schützen vor Eintreten in die Gemäuer. Die Gemäuer sind ein Schandfleck von Gola.

▲ Foto: Gemäuer des gemauerten Gebäude der Mühle in Gola
Stand 2014

Schlusswort

Die Ansiedlung der Russen im 18. und 19 Jh. auf dem polnischen Gebiet diente dazu, das besetzte Land als russisches Land zu bezeichnen, und so wurde auch die russische Sprache in den Ämtern und Schulen eingeführt. Zum Beispiel: im Jahre 1880 war die Amtssprache in der Gegend von Wieluń Russisch. Die Geburtseintragungen im Geburtsregister sind bei meiner Großmutter Anna Kupar, geboren im Jahr 1880 in Nietuszyna, s. ihre Geburtsurkunde Seite 29, und meiner Mutter, geboren 1911 in Wieluń, in russischer Sprache verfasst – siehe unten.

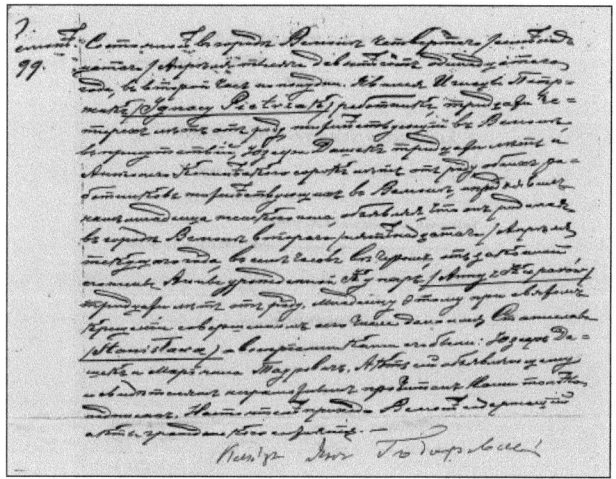

▲ Geburtseintrags meiner Mutter aus dem Jahr 1911,
im Geburtsregister der evangelischen Gemeinde in Wieluń
in russischer Sprache

Die Urgroßmutter Kupar erzählte mir, dass die uniformierten russische Besatzer Polens, nachdem die Republik Polen im Jahr 1918 ausgerufen worden war, die russischen Militäruniformen durch polnische austauschten, und so bestand die militärische Macht der Russen dort weiter. Auch einer der Nachkommen der Eheleute K.

u. O. Warski ist im Jahr 1939 als polnischer Offizier gefallen. Das sind Menschen mit zwei Gesichtern.

Im Vorwort erwähnte ich, dass ein katholischer Priester anhand eines Bildes eine alten Eiche zeigte und der Pfarrgemeinde erklärte, dass sie bei der Wahl nur die Kandidaten wählen sollten, die im polnischen Volk tief verwurzelt seien. Wollte er vielleicht andeuten, dass sie die Nachkommen der Russen, die in den vielen Jahren nach Polen gekommen sind, nicht wählen sollten, denn es sei möglich, dass ihre Wurzeln bestimmt noch heute tiefer in Russland als in Polen lägen?

IX. Ausquartieren / Aussiedeln / Vertreiben

Ich erwähnte schon auf der Seite 14, dass ich in den Jahren 1941–1944 in der Zeit, als ich bei der Urgroßmutter Kupar meine Schulferien verbrachte, nicht verstehen bzw. begreifen konnte, dass Menschen andere Menschen aus ihrem Eigentum ausquartieren, um selber dort zu wohnen und sich das Eigentum anzueignen. Um das besser zu verstehen, brauchte ich nicht lange zu warten. Im Jahr 1945, nach dem die Deutschen den Krieg verloren hatten, kam in meinen Geburtsort Gross-Dombrowka (Dąbrówka Wielka), O/S die polnische Regierung, die bei einer Nacht und Nebelaktion einige deutsche Familien aus ihren Bauernhöfen, Häusern und Wohnungen ausquartierte, was man auch Aussiedlung bzw. Vertreibung nennt. Sie wurden in ein Lager gesteckt, in dem bis Kriegsende Kriegsgefangene untergebracht waren. Die Bauernhöfe, Häuser und Wohnungen der Ausquartierten übernahmen polnische Familien, die vorwiegend aus den Gebieten Mittel- und Ost-Polens zu uns kamen. Viele aus der heutigen Ukraine.

Sehr emotional erlebte ich die Ausquartierung meines Schulfreundes Georg, mit seiner Mutter und Schwester aus ihrer Wohnung und ihre Unterbringung in ein Internierungslager. Ihre Wohnung bekam ein polnischer Milizionär. Sein Vater war Soldat, und wo er sich zu der Zeit befand, das wussten sie nicht.

Das Lager, wo Georg, seine Mutter und Schwester untergebracht wurden, befand sich im nächsten Ort von Gross-Dombrowka. Das Lager war bewacht, und sie durften es nicht verlassen. Sie bekamen dort nichts zum Essen, und zum Trinken gab es Leitungswasser. Sie lebten nur von dem, was ihnen dort Verwandte, Bekannte, Freunde, gütige Menschen durch den Zaun übergaben.

Der 14-jährige Georg konnte unter dem Lagerzaun das Lager verlassen, und so erschien er immer bei uns zu Hause. Zusammen sammelten wir alles Essbare, und damit kehrte er wieder zurück unter dem Zaun hindurch in das Lager. Wir fingen sogar Sperlinge für den Suppentopf. Mit der Angel in Tiefgewässern und mit einem Korb aus Weidenbaum fingen wir in den Flachgewässern Fische. Auch der kleinste gefangene Fisch wurde mitgenommen, der wurde im Lager getrocknet und dann gemahlen und als Stärkemehl für Soßen verwendet.

Nach einigen Monaten wurde das Lager aufgelöst. Einige Insassen wurden in andere Lager verlegt, und die, die etwas Glück hatten, wurden entlassen und fanden bei ihren Familien, Freunden, Bekannten usw. Unterkunft.

Eines Sommertages, wohl 1946 früh am Tage, kam Georg weinend zu uns nach Hause, um sich von mir zu verabschieden, und schenkte mir seine Angel. Er sagte mir, dass er mit seiner Mutter und Schwester in der Nacht eine Nachricht bekommen hätte, dass sie um 6:00 Uhr abgeholt und zum Bahnhof in Birkenhain (Brzeziny Śląskie) gebracht würden. Denn dort sollte um 9:00 Uhr ein Zug kommen, der sie nach Russland zum Ernten bringen solle. Wir haben lange zusammen geweint und verabschiedeten uns. Ich bin noch kurz nach sechs entlang der Bahnstrecke zum Bahnhof nach Birkenhain gelaufen, um dort nicht nur von ihm, sondern auch von seiner Mutter und Schwester Abschied zu nehmen. Auf dem Bahnsteig befanden sich sehr viele Menschen, die, die abtransportiert werden sollten, und die, die gekommen waren, sie zu verabschieden. Gegen 9:00 Uhr kam ein Güterzug mit ca. zehn bedeckten Güterwagons mit Schiebetür und einer Dampflok. Einige Wagons waren schon belegt angekommen, und die Menschen, die sich dort befanden, konnten nur durch eine kleine offene Spalte der Wagon-Schiebetüre nach draußen gucken. Georg, seine Mutter und Schwester mussten mit anderen Personen in einen Wagon einsteigen, die Schiebetür auf eine kleine offene Spalte zugemacht, verriegelt, den Riegel plombiert und gleich danach ins Ungewiesene abtransportiert. Der Jammer der Menschen in den Wagons und auf dem Bahnsteig war sehr groß.

Die Bilder des Geschehens auf dem Bahnhof sehe ich wie im Traum noch heute. Viele Monate war mir ihr Schicksal unbekannt. Doch eines Tages bekam ich von Georg einen Brief. Er teilte mir mit großer Freude mit, dass sie nach einer langen Bahnfahrt nicht nach Russland gebracht worden sind, sondern sie kamen in verschiedene, zerbombte Orte Deutschlands, wo die vier Siegermächte, in vier Besatzungszonen, die Regierungsgewalt ausübten. Sie blieben dann in der britischen Zone Deutschlands, im Sauerland, bei einer Familie, die sie ungern bei sich hatte. Seit der Zeit waren wir schriftlich in Verbindung. Im Jahr 1973 besuchte ich ihn in Letmathe, wo er wohnte. Inzwischen war er verheiratet und Vater von zwei Söhnen. Sein älterer Sohn wurde später mein Schwager.

Bei dem Besuch in Letmathe bei Georg kam die Erinnerung an die Zeit ihrer Ausquartierung und Leben im Lager. Dazu kam noch die Erzählung seiner Mutter über die Erlebnisse in dem Bahntransport nach Westdeutschland und wie ihr Leben in der Fremde war. Georgs Mutter sagte mir damals, dass eine Aussiedlung und eine Vertreibung schlimmer als der Tod sei und das, was sie mit den Kindern erlebte, ein Verbrechen gegen die Menschlichkeit sei. Heute spricht über solche Taten an Deutschen in Polen kaum jemand.

Die Ausquartierungs-Erlebnisse der Familie Gerwicz in den Jahren 1939/1940 sowie der Familie meines Freundes Georg im Jahr 1945 und den Jahren danach, ebenso die Erzählung meiner Urgroßmutter Kupar über die Ausquartierung ihrer Großeltern Fuhrmann und ihrer Eltern Schubert um das Jahr 1853, waren sehr schmerzlich.

X. „Gutshof und Mühle" in Gola
in polnischer Literatur

Bei den Recherchen meines Sohnes Christoph um das Anwesen in Gola erfuhr er, dass drei polnische Autoren in ihren Büchern die Geschichte der Gegend um Wieluń beschreiben, wo auch der Ort „Gola" erwähnt ist. Er kaufte die Bücher und ließ sie mir auch zukommen. Die drei Autoren Jerzy Dela, Jan Maślanka und Jerzy Maciejewski beschreiben bzw. erwähnen in ihren Büchern auch das Anwesen „Gutshof und Wassermühle" in Gola.

Ich nehme an, dass die drei Autoren in ihren Büchern das Anwesen in Gola nach ihrem besten Wissen und Gewissen beschreiben, wie ich auch in meinem Buch. Folgend die Bücher:

„Gola 1900 – 2000", © 2009 – Autor Jerzy Dela

Autor, geb. 1954, Jurist, stammt aus dem Ort Gola. Aufgewachsen im kommunistischen Polen, wo er auch Jura studierte. In seinem Buch beschreibt er vorwiegend die Geschichte des Orts „Gola" aus den Jahren 1900 bis 2000, aber auch frühere Geschichten betreffend das Anwesen „Gutshof und Wassermühle" in Gola im vergangenen Jahrhundert. Er erwähnt auch einige Personen namentlich, die im 19. Jahrhundert das Anwesen, besonders die Wassermühle verwalteten, die zu dem königlichen Gut gehörte. Aber die, die als Eigentümer auf dem Anwesen „Gutshof und Wassermühle" in den Jahren 1832 bis 1856 wohnten, es modernisierten und arbeiteten, meine Ur-Ur-Urgroßeltern Jakob und Marianne Fuhrmann, erwähnt er nicht. Die über 24 Jahre der Fuhrmanns-Geschichte auf dem Anwesen in Gola wurde dem Autor verschwiegen, oder er wollte auf die Angelegenheit der diplomatischen Vertreibung der Familie Fuhrmann und Schubert nicht eingehen. Der Autor schreibt einiges über Frau Brzeński (Name geändert), die sich heute als Besitzerin des Guthofs und der alten Gemäuer der Wassermühle in Gola bezeichnet. Er schreibt in seinem Buch das, was ihm erzählt wurde. Der Frau Brzeński ist die wahre Geschichte, wie ihre Vorfahren an das Anwesen gekommen sind, bekannt, oder auch nicht.

„Dwory Weryho-Darewskich na tle dziejów" © 2010 – Autor Jan Maślanka

Der Autor, geb. 1931, Jurist, stammt aus Dzietrzkowice, Kreis Wieluń. Er wuchs in der Republik Polen bis 1939, dann unter der deutschen Besatzung Polens von 1939 bis 1944 und in der kommunistischen Volksrepublik Polen auf, wo er Jura studierte. In seinem Buch sind die Namen der Personen, die im Erbpachtvertrag aus dem Jahr 1853 des Anwesens „Gutshof und Wassermühle" in Gola als Pächter erwähnt sind, enthalten. Der Autor beschreibt auch die Mühlen und Gutshöfe, die sie in der Region von Wieluń verwalteten bzw. als deren Eigentümer sie sich bezeichnen. Aber die, die als Eigentümer auf dem Anwesen „Gutshof und Wassermühle" in Gola in den Jahren 1832 bis 1856 wohnten, es modernisierten und bearbeiteten, meine Ur-Ur-Urgroßeltern Jakob und Marianne Fuhrmann, erwähnt er nicht. Die über 24 Jahre der Fuhrmanns-Geschichte auf dem Anwesen in Gola wurde dem Autor verschwiegen, oder wollte er auch auf die Angelegenheit der diplomatischen Vertreibung der Familie Fuhrmann nicht eingehen.

Der Autor schreibt viel über Frau Brzeński (Name geändert), die sich heute als Besitzerin des Guthofs und der alten Gemäuer der Wassermühle in Gola bezeichnet. Frau Brzeński ist die wahre Geschichte, wie ihre Vorfahren an das Anwesen gekommen sind, bekannt, oder auch nicht. So schreibt der Autor in seinem Buch das, was ihm erzählt wurde. Und im Jahr 2010 dachte Frau Brzeński, dass es so einen wie mich nicht mehr gibt, der die Geschichte des Anwesens in Gola ab dem Jahr 1832 anders kennt.

Der Autor zeigt in seinem Buch einige Familienfotos und beschreibt auch die Familienerlebnisse von Frau Brzeński, ihrer Eltern Gerwicz (Name geändert), ihrer Schwester usw. Er schreibt, dass Ende August 1939 die Fam. Gerwicz vor Deutschen aus Gola in die tiefere Gegend Polens flüchtete und dass sie nach kurzem Umherirren im September 1939 zurück in ihr verwüstetes Haus in Gola kamen. Weiter, dass sie im Februar 1940 aus Gola ins Generalgouvernement ausquartiert wurden. Fünf Personen: ihre Mutter, sie, ihre Schwester, Kindererzieherin und ein 14-jähriger Junge, der in der Zeit bei ihnen Schutz gefunden hatte. Ihr Vater, als polnischer Offizier, war unterwegs, um das polnische Volk gegen die deutsche Wehrmacht zu verteidigen. Für die Ausquartierung aus Gola ins Generalgouvernement durften sie Nahrung und entsprechen Kleidung „nur" für 14 Tage mitnehmen, gemäß einer Bescheinigung des Landrates in Welungen vom 28.02.1940, das der Autor in seinem Buch als Abbildung zeigt.

Und so erinnert sich Frau Brzeński an ihre dramatischen Erlebnisse vom Ende August 1939, bis sie nach den Kriegsjahren in ihren 50 Hektar großen Bauernhof zurückkehrten, das die Deutschen ihren Eltern weggenommen hatten. Erst wohnten sie eine Zeit bei einer Familie, da „ihr" leerstehendes Haus, das fremde Menschen ausgeplündert und unrein zurückließen, nicht zu beziehen war. So lebten sie in der Zeit in äußerster Armut. Und aus Not verkaufte ihre Mutter Stück für Stück Land, um zu überleben. Viele Jahre später erfuhren sie, dass ihr Vater im September 1939 gefallen war.

Der Autor schreibt, dass im Jahr 1887 das Großgütereigentum (Mühlen und Gutshöfe) von Wójcin mit Liegenschaften im Kreis Ostrzeszów-Wieluń wegen der Nutzungsrechte im Einvernehmen, auf drei Standorte verteilt wurde. Das Anwesen in Gola mit 104 Morgen übernahm nach K. Warski die Witwe O. Warski.

*****

Nachdem ich die dramatischen Familienerlebnisse von Frau Brzeński aus den Jahren 1939–1945 und der Jahre danach las, dachte ich an die Erlebnisse meiner Ur-Ur-Urgroßeltern Jakob und Marianne Fuhrmann und ihrer vier Kinder. Denn sie waren doch auch Mitte des 19. Jahrhunderts aus ihrem rechtlichen Besitz von ihren Vorfahren, Eheleute K. O. Warski und Frau L. Darski – zarenrussische Besatzer, ausquartiert, und sie bzw. ihre Nachkommen konnten in ihren 125 h Gutshof und die Mühle nicht zurückkehren. Heute präsentiert sich Frau Brzeński als eine stolze Eigentümerin des Anwesens des Gutshofs und der alten Gemäuer der Mühle in Gola. Ob sie auch einmal daran gedacht hatte, was ihre Vorfahren meinen Ur-Ur-Urgroßeltern Jakob und Marianne Fuhrmann und ihren vier Kindern im Jahr 1853 angetan hatten? Die Erlebnisse der Familie Fuhrmann waren viel schlimmer als die von Frau Brzeński. Denn Familie Fuhrmann hatte mit der erzwungenen Verpachtung des Anwesens ihren Lebensunterhalt und viel Geld verloren. Das Geld, das sie beim Kauf im Jahr 1832 zahlten, sowie das Geld, dass sie in den Ausbau des Gutshofs und in die Modernieszierung der Mühle steckten. Das war erspartes Geld, sie hatten sogar Bankschulden.

Ich weiß nicht, wer in den Jahren 1940 – 1944 den Gutshof und das gemauerte Teil der Mühle in Gola verwaltete bzw. wer dort wohnte, wen Frau Brzeński als fremde Menschen bezeichnet, die das Anwesen ausgeplündert und unrein zurückgelassen hätten. Mein Vater sagte mir, dass in der Zeit, als er im Jahr 1942 mit meiner Urgroßmutter Kupar in Gola war, dort ein Mann mit zwei Mädchen auf dem Anwesen des Guthofs wohnte. Wer die „drei" waren, die dort wohl in der Zeit wohnten, ist mir nicht bekannt. Der Autor schreibt, dass in den ersten Monaten der Besatzung Polens durch die Deutschen polnische Gutsbesitzer enteignet wurden und Ansiedlern aus Deutschland und der Walachei sowie Volksdeutschen übergeben wurde.

$$*****$$

Die Ausquartierung der Familie meines Freundes Georg erwähne ich, um zu zeigen, dass die Ausquartierung der Familie Gerwicz im Jahr 1940 aus Gola durch deutsche Behörden in Welungen humanitärer war, als die durch die polnische Behörde in Groß-

Dombrowka bei der Ausquartierung von Georgs Mutter und seiner Schwester im Jahr 1944-1945 in Oberschlesien.

Familie Gerwicz konnte Nahrung und entsprechende Kleidung für 14 Tage für die Zeit der Ausquartierung aus Gola in das Generalgouvernement mitnehmen. Und so brauchten sie während der Zeit nicht hungern und frieren und fuhren in das Generalgouvernement in Personenzügen. Und nach einigen Jahren kamen sie zum Anwesen in Gola zurück, aber Georg mit Mutter und Schwester nicht mehr.

„Gaj Liści Palmowych Dla Erudytów" © 2013 — Autor Jerzy Maciejewski

Der Autor, geb. 1950 in Wieruszów, Diplom-Ingenieur – Elektronik, ist im kommunistischen Polen aufgewachsen. In seinem Buch erwähnt er auch das Anwesen „Gutshof und Wassermühle", und zwar, dass die Mühle an der Grenze zu Schlesien stand und zum Gut in Gola gehörte. Die Mühle sollte um das Jahr 1628 durch den Bezirkshauptmann von Bolesławiec neu gebaut worden sein. Unter anderem schreibt er, dass im Jahr 1823 die Mühle zum Gut von Wójcin wurde und dass sie im Jahr 1832 Jakob Fuhrmann kaufte. Auch, dass seine Erben, Witwe Marianne Fuhrmann und der örtlicher Müller Teofil Fuhrmann, es im Jahr 1853 zurück verkauften zum Gut von Wójcin an die Eheleute K. O. Warski und Frau L. Darski (Namen geändert). Was in etwa stimmt.

*****

Die Behauptung, dass im Jahr 1832 Jakob Fuhrmann das Anwesen gekauft hatte, ist falsch, denn es wurde von Jakob und Marianne Fuhrmann gekauft – siehe Seite 45 „Kaufvertrag" aus dem Jahr 1832. Auch die Behauptung, dass im Jahr 1853 Marianne und Teofil Fuhrmann das Anwesen verkauften, ist falsch. Es wurde nicht verkauft, sondern in Erbpacht übergeben, und zwar von Teofil Fuhrmann (Sohn der Eheleute J. u. M. Fuhrmann) und von Gottlieb Schubert (Schwiegersohn der Eheleute J. u. M. Fuhrmann). Es ist auch fraglich, ob die zwei berechtigt waren, den Erbpachtvertrag abzuschließen. Dazu kommt noch, dass die Abschließung des Erpachtvertrages nach einer längerer Erpressungszeit erfolgte, die zur Qual der Familie Fuhrmann wurde. Zu welchen Umständen es dazu gekommen ist, darüber berichtete ich schon ausführlich.

Ich stelle mir auch die Frage: In welchem Jahr wurden die Eheleute K. O. Warski und Frau L. Darski Eigentümer der Güter von Wójcin, und wie sind sie zu dem Gut gekommen– auch durch erzwungene Erbpachtverträge? Diese Personen nannte meine Urgroßmutter Kupar „Besatzer aus Zaren-Russland", die dorthin gekommen sind, um die Güter zu übernehmen, das Gebiet zu russifizieren usw. Kein Wunder, dass die Urgroßmutter die Zarenrussen, die „Gutshof und Wassermühle" ihren Großeltern und Eltern wegnahmen, mit unbeschreiblicher Wut verfluchte, denn sie wusste, wie ihre Großeltern und Eltern von den Besatzern behandelt wurden.

XI. Das Bezirksgericht in Wieluń

Im Dezember 2016 reichte mein Sohn Christoph am Bezirksgericht in Wieluń eine Klage ein. In dem Gerichtsverfahren sollten die Eigentumsrechte des Anwesens „Gutshof und Wassermühle" in Gola nach seinen Ur-Ur-Ur-Urgroßeltern Jakob und Marianne Fuhrmann abgeklärt werden. Der geschätzte Wert des Anwesens – Bebauung, Grundstücke, Land usw. = 125,38874 ha, wurde auf 250.000,00 Zloty (ca. 62.500 €) festgelegt. Die Gerichtskosten legte das Gericht auf 12.500,00 Zloty (ca. 3.125 €) fest.

*****

Die ganze mit den Anwesen verbundene Geschichte ist im Buch genauer beschrieben. Jedoch erwähne ich hierzu einige Daten. Also, unsere Vorfahren Jakob und Marianne Fuhrmann kauften das streitige Anwesen in Jahr 1832 und sind am 21.10.1933 im Grundbuch Z 523 (593) als Eigentümer eingetragen.

Nach einem erzwungenen Erbpachtvertrag wurde das Anwesen an die Eheleute K. O. Warski und Frau L. Darski (Namen geändert) verpachtet.

Ein „Erzwungener Erbpachtvertrag" weil die Fuhrmanns mit verschiedenen Methoden terrorisiert worden waren, um sie so zu der Verpachtung des Anwesens einzuschüchtern. Die Mühle war laufend außer Betrieb, da die Besatzer wenig Getreide für die Mühle lieferten, um sie so finanziell zu ruinieren. Sogar mit der Verbannung nach Sibirien wurde gedroht, und letzlich setzte jemand die Holzkonstruktion der Mühle in Brand. Das Feuer wurde bei einem starken Gewitter von außen gelegt, um wohl vorzutäuschen, dass der Brand durch einen Blitzeinschlag entstanden war. Glück im Unglück, es verbrannte nur ein Teil einer Holzwandseite, da anschließender starker Regen den Brand löschte, aber die Arbeitsvorgänge der Mühle kamen zum Stillstand.

Nach den schon erlebten unzumutbaren Ereignissen und dem Brand der Mühle, erzählte meine Urgroßmutter Kupar, dass ihre Großmutter Marianne Fuhrmann und ihre Kinder keinen anderen Weg sahen, als das Anwesen „Gutshofs und Mühle" an die russische Zaren-Besatzer zu verpachten, und somit noch Schlimmeres zu verhindern.

Der Erbpacht-Vertrag wurde in der Kanzlei des Bezirks-Regenten Herrn Anton Kowalski in Wieluń, am 14.09.1853 bzw. am 26.09.1853 abgeschlossen

Der Erbpacht-Vertrag wurde von den Erbpachtgebern – der Familie Fuhrmann, nur vom Sohn Teofil Fuhrmann und vom Schwiegersohn Gottlieb Schubert unterschrieben. Marianne Fuhrmann und ihre drei Töchter – Karolina, Julianne, Johanna unterschrieben, aus welchen Grund auch immer, den Erbpachtvertrag nicht. Jakob Fuhrmann lebte zu dieser nicht mehr.

Die Erbpachtnehmer wurden in das Grundbuch nicht als Eigentümer des Anwesens eingetragen, und der Eigentumseintrag auf Jakob u. Marianne Fuhrmann, im Hypothekenbuch Z 593 (593) vom 21.10.1833, bestand weiter – wurde nicht gelöscht.

In den zurückliegenden Jahren bis 1967, seitens der heutigen „Besitzer", wurden einige Eigentums-Eintragungen auf mehrere Personen vorgenommen. Im Jahr 1967 wurde ein weiterer Eigentumseintrag in einem anderem Grundbuch auf die Nachkommen der Pachtnehmer aus dem Jahr 1853 eingetragen. Damals gaben sie an, dass die Dokumente des Eigentums ihnen in den Kriegsjahren 1939-1944 verlorengegangen seien.

Aber in den Fünfzigerjahren des 19. Jahrhunderts besuchte ich doch in der Angelegenheit des Anwesens einen Rechtsanwalt in Katowice (Kattowitz) und beauftragte ihn mit der Beendung des Erbpacht-Vertrages aus dem Jahr 1853 und der Zurückgabe des Anwesens an uns, die Nachkommen von Jakob und Marianne

Fuhrmann, da die 99-jährige Pacht 1956 ausläuft. Nach einigen Monaten erklärte mir der Rechtsanwalt, dass ein Anwesen namens Wassermühle und ein Gutshof mit über 125 ha Land in Gola nicht existiere. Und wenn es einmal ein Gutshof mit über 125 ha Land war, wurde es gemäß dem polnischen Dekret PKWN vom 06.09.1944 parzelliert und so existiert es nicht mehr. Das war, aus welchem Grund auch immer, eine Lüge. Denn das Anwesen existierte in den Fünfzigerjahren des 19. Jahrhunderts immer noch.

Also, in den Fünfzigerjahren des 19. Jahrhunderts erfuhren die Nachkommen der Erbpächter vom Grundbucheintrag Z 523 (593) vom 21.10.1833 und machten den Eintrag im Grundbuch durch eine Flüssigkeits-Einwirkung fast unlesbar – siehe Seite 41. Der Kaufvertrag aus dem Jahr 1832 und der Erbpachtvertrag aus dem Jahr 1853 waren wohl den Erbpacht-Nachkommen bis dahin unbekannt, denn diese Verträge blieben in den Akten des Bezirks-Regenten Anton Kowalski unversehrt.

Ein weiterer Eigentumsbesitz-Eintrag seitens der Pächter-Nachkommen folgte im Jahr 1987, und die letzten Eigentumseinträge im Grundbuch stammen aus dem Jahr 2008. Also, ab dem Jahr 1993 suchte mein Sohn Christoph das Hypothekenbuch Z 523 (593) vom 21.10.1833, das er erst im Jahr 2003 gefunden hatte. In den Jahren 1993 bis 2003 sprach Christoph einmal über die Eigentumsrechte mit Frau Brzeński. Da brannte es wohl den Nachkommen der Erbpächter unter den Füßen, und so folgten im Jahr 2008, aus mir unbekannten Gründen, die Eigentums-Einträge, auf mehrere Personen, im Hypothekenbuch.

✶✶✶✶✶

Die Gerichtsverhandlung fand 2017 statt. Alle Betroffenen sollten sich persönlich mit ihren Personalausweisen zum Verhandlungstermin stellen. Christoph kam alleine ohne Rechtsanwalt, denn für einen Rechtsanwalt hatte er kein Geld. Von der Gegenseite kam keiner, sie ließen sich durch einen Rechtsanwalt vertreten.

Das Bezirksgericht legte folgende Tatsachen fest:

In den jetzigen Grundbüchern sind acht Personen als Eigentümer des Anwesens in Gola, das ich „Gutshof und Wassermühle" nenne, eingetragen und zwar:

1. Eine Person besitzt in Gola zwei Grundstücke mit einer Fläche von 11,15 ha

2. Eine zweite Person besitzt in Gola ein Grundstück mit einer Fläche von 0,1356 ha

3. Vier Personen besitzen in Gola ein Grundstück mit einer Fläche von 14,02 ha – jeder ¼

4. Frau Brzeński besitzt in Gola ein Grundstück mit einer Fläche von 0,1716 ha

Also, die sieben oben erwähnten Personen besitzen Grundstücke mit einer Fläche von 25,4772 ha

5. Die achte Person ist inzwischen im Jahr 2015 verstorben, er besaß wohl das fehlende Land in mit einer Fläche von ca. 100 ha.

Das Bezirksgericht wies Christophs Klage zurück mit der Begründung:

1. Fehlende Rechtsfähigkeit der achten Person, da er verstorben ist und so in der Angelegenheit nicht zu belangen ist.

2. Dass Christoph dem Gericht nicht beweisen konnte, dass er zu den Erben des Anwesens in Gola gehörte. Und das die vor knapp 200 Jahren angefertigten Dokumente wie: „Kaufvertrag des Gutshofs und Mühle in Gola vom 28.02.1832"; „Eigentumseintrag des Gutshofs und Mühle im Hypothekenbuch Z 523 (593) vom 21.10.1833" und der „Erbpachtvertrag des Gutshofs und Mühle vom 14.09.1853 bzw. 26.09.1853" nicht deutlich genug zu lesen sind.

3. Dass Christoph nicht eindeutig zu dem Eigentum legitimiert sei, und die Beweise dazu nicht genug begründet seien.

*****

Ich war nicht dafür, dass Christoph mit der Angelegenheit des Anwesens in Gola vor Gericht geht, denn für so einen Fall braucht man einen guten Rechtsanwalt, dazu einen berechtigten Übersetzer, der die knapp 200 Jahre alten Dokumente auf heutige polnische Rechtsschreibung übersetzt. Was am wichtigsten ist, man braucht viel Geduld und sehr viel Geld. Die Verhandlungskosten von 12.500,00 Zloty (ca. 3.125 €) sind sehr hoch, wenn man bedenkt, dass ein durchschnittlicher Verdienst in Polen ca. 2.000,00 Zloty (500,00 €) beträgt. Die Beklagten sind reich genug, um sich bei so einer Anklage zur Wehr zu setzen. Aber Christoph kämpft auf anderen Wegen um das Anwesen in Gola weiter.

Die eine Gerichtsverhandlung war aber nicht um sonst, und auch die weiteren Kämpfe werden nicht umsonst sein. Denn die Erben des Anwesens konnten damit öffentlich die Wahrheit erfahren, wie ihre Vorfahren zu dem Anwesen gekommen sind. Und genauer erfahren sie, wenn sie mein Buch hierzu lesen.

Ich berichtete, dass die achte Person wohl das fehlende Land mit einer Fläche von ca. 100 ha besaß. Und wie es Frau Brzeński einem der erwähnten Autoren sagte: „ .... *bis sie nach den Kriegsjahren in ihren 50 Hektar großen Bauernhof zurückkehrten, ...* " „*So lebten sie in der Zeit in äußerster Armut. Und aus Not verkaufte ihre Mutter Stück für Stück Land, um zu überleben.*" Stück für Stück Land, wie viel Hektar waren das? Darf überhaupt ein Nachkomme eines Erbpächters Land verkaufen?

Der Gutshof war über 125 ha groß, aber in der Größe gab es auch Wald, den eine andere zarenrussische Besatzer-Familie verwaltete. Um Gola soll es noch heute einen Wald geben, den man „Las Furmański" – „Fuhrmann-Wald" nennt. Vielleicht ist das ein Waldstück, das den Fuhrmann gehörte.